Sauver les phénomènes

HERMAN VAN BREDA

Sauver les phénomènes

LE SAUVETAGE DE L'HÉRITAGE HUSSERLIEN ET LA FONDATION DES ARCHIVES-HUSSERL

IDEM • VELLE

AC • IDEM • NOLLE

ÉDITIONS ALLIA

16, RUE CHARLEMAGNE, PARIS IVe

2018

Le présent texte a paru pour la première fois dans *Husserl et la pensée moderne / Husserl und das Denken der Neuzeit. Actes du deuxième colloque international de phénoménologie*, Krefeld, 1-3 novembre 1956, édités par les soins de Herman L. Van Breda et Jacques Taminiaux. La Haye / Den Haag, Martin Nijhoff, 1959.
Le titre du présent ouvrage est de l'éditeur.
Les photographies en fin de volume sont publiées avec l'aimable autorisation du Prof. Julia Jansen, directrice des Archives-Husserl, Louvain.

LE 27 avril 1938, après une maladie de plus de cinq mois, Edmund Husserl s'éteignait doucement à Fribourg-en-Brisgau, à l'âge de 79 ans.

Le 15 août de la même année, je me rendis à Fribourg dans l'intention d'inventorier soigneusement et d'étudier toutes les traces de l'œuvre et de l'enseignement de Husserl. J'avais alors 27 ans et je venais de conquérir, à l'Institut supérieur de philosophie de l'université de Louvain, le grade de licencié en philosophie. J'étais d'ailleurs encore inscrit comme étudiant au rôle de cette université ; je voulais en effet y continuer mes études pour l'obtention du grade de docteur en philosophie.

De 1936 à 1938, j'avais consacré le meilleur de mes forces à l'étude de la philosophie husserlienne. Mon mémoire de licence, introduit à Louvain en juin 1938, portait sur les années de formation de Husserl, et contenait en outre une analyse détaillée des travaux publiés par lui, avant 1914. Ce mémoire était d'ailleurs conçu comme une introduction à une étude plus large sur la réduction phénoménologique, que j'avais l'intention de présenter comme dissertation doctorale. Le but principal de mon voyage à Fribourg n'était autre que de réunir les documents nécessaires à la rédaction de cette dissertation.

Comme tous les lecteurs attentifs des travaux que Husserl avait publiés vers 1930, j'avais remarqué qu'il y signalait, à plusieurs reprises, l'existence de textes philosophiques, écrits par lui, mais non encore publiés. Il y ajoutait même qu'il avait autorisé la consultation de ces textes à certains de ses disciples de la dernière heure. Ces inédits, affirmait-il enfin, fournissaient des compléments importants pour la compréhension de l'œuvre éditée, et élucidaient toute une série de problèmes que les commentateurs de cette œuvre n'arrivaient pas à résoudre. Lors de mon voyage à Fribourg, je me proposais alors de détecter, au moins en partie, ces inédits pour les utiliser, si possible, dans le travail sur la réduction que j'avais en chantier.

Quelques jours avant mon départ de Louvain, j'avais toutefois conçu un projet d'un tout autre ordre, dont, toujours à l'occasion du même voyage à Fribourg, je me proposais d'envisager la réalisation. Ce projet se rapportait lui aussi aux inédits déjà mentionnés. Mais cette fois-ci il ne s'agissait pas uniquement de les retrouver pour en faire l'étude, mais bien d'en assurer, si possible, la publication.

Il était notoire dans les milieux philosophiques qu'Edmund Husserl était d'origine juive. Il était aisé d'en déduire que le régime hitlérien empêcherait tout essai de publier en Allemagne ces inédits. Le fait qu'en 1887 Husserl se fût fait baptiser dans l'église luthérienne et que, pendant sa longue carrière professionnelle, il eût toujours vécu à l'écart de la communauté juive, n'empêchait pas son œuvre posthume de tomber sous le coup des mesures en vigueur contre tout écrit d'auteur sémite. Quoique les nazis n'eussent pas encore interdit formellement la vente de ses livres publiés antérieurement chez Niemeyer à Halle a.S. et que leur consultation dans les bibliothèques allemandes restât encore possible, il était bien certain qu'en Allemagne même toute publication nouvelle d'écrits de sa main, et même toute réédition des livres déjà parus, étaient absolument exclues. Il était tout aussi certain qu'aucune institution officielle allemande et aucun chercheur qui en dépendait tant soit peu, ne pourraient songer à s'atteler à la tâche d'éditer les textes laissés par le maître.

Je savais d'ailleurs que, dès 1933, les autorités nazies avaient soumis Husserl au régime appliqué à tous les professeurs d'ascendance juive. Il fut rayé de la liste officielle des professeurs d'Université. L'accès aux bâtiments universitaires lui fut interdit. Il lui fut notifié qu'il ne pourrait faire partie de la délégation allemande aux congrès internationaux de philosophie de Prague (1933) et de Paris (1937), et que le visa lui serait refusé s'il voulait y participer à titre personnel. J'avais appris, en outre, que de 1933 à sa mort, le maître avait vécu à Fribourg dans une solitude toujours grandissante, et que très rares étaient les amis et collègues qui avaient eu le courage de lui faire visite au cours de sa dernière maladie et d'assister à ses funérailles. Tous ces faits et mille autres démontraient avec la dernière évidence qu'il ne fallait se faire aucune illusion sur le sort que l'Allemagne officielle réserverait à tout projet d'entreprendre, en territoire allemand, la valorisation de l'héritage spirituel du philosophe défunt.

Comme je l'ai déjà dit, l'idée d'envisager éventuellement la publication d'inédits de Husserl en Belgique, m'était venue quelques jours avant mon départ de Louvain. Je m'étais demandé concrètement si une telle publication ne pourrait être entreprise dans le cadre des éditions de l'Institut supérieur de philosophie de Louvain. J'avais consulté à cet effet le promoteur de ma dissertation doctorale,

M. Joseph Dopp, ainsi qu'un de mes autres maîtres, M. Louis de Raeymaeker. Ensemble, ils soumirent ce projet à monseigneur Léon Noël, qui, comme président de l'Institut supérieur de philosophie, avait à décider en ces matières. À la suite de ces consultations, il me fut communiqué qu'une édition à l'Institut semblait en principe réalisable. Il me fut demandé ensuite de faire, à l'occasion de mon voyage, les recherches nécessaires pour réunir sur place tous les éléments du problème en question. En particulier, il faudrait que je me fasse une idée précise des dimensions et de l'importance relative de cette œuvre posthume, ainsi que de l'état d'achèvement des différentes pièces qui la constituaient. Enfin et surtout, il faudrait que je prenne des informations précises sur les dispositions des ayants droit envers un éventuel projet d'édition à Louvain, et sur le statut juridique qui, d'après les décisions de Husserl lui-même ou de ses ayants droit, régissait ce dépôt.

Ceux qui ont connu de près Léon Noël, deuxième successeur de Mercier à la présidence de l'Institut supérieur de philosophie, et ceux qui l'ont entendu comme professeur, ne seront pas surpris d'apprendre qu'il se déclara sur-le-champ favorable à ce projet et en admit, en principe, la réalisation dans le cadre des travaux de l'Institut. Pendant toute sa longue carrière, en effet, il professa avec conviction sa foi dans les principes que Mercier avait mis à la base de son institution. Comme Mercier, son successeur fut un des chefs reconnus du renouveau de la philosophie scolastique. Mais cette appartenance à l'École n'avait empêché ni l'un ni l'autre d'acquérir une connaissance approfondie des classiques de la philosophie moderne, et de suivre de près les mouvements les plus importants de la philosophie contemporaine. Toute leur attention illustrait la devise *nova et vetera* qu'à bon escient Mercier avait choisie pour son institut.

C'est dans cet esprit que Noël, qui faisait depuis 1906 le cours d'Histoire de la philosophie moderne et contemporaine à l'Institut, s'était intéressé aux *Logische Untersuchungen* de Husserl, parues en 1900-1901. Dès ses premiers cours, il avait attiré l'attention de ses étudiants sur l'importance de ce livre. Sous le titre "Les Frontières de la Logique", il avait publié en 1910 dans la *Revue néo-scolastique de philosophie* (XVII, p. 211-213) une longue étude, dans laquelle il approuvait la critique husserlienne de l'explication psychologique des lois logiques et reconnaissait la valeur des analyses phénoménologiques contenues dans ce livre. Comme nous l'avons pu constater nous-même, la parution de cette étude de Noël n'échappa point à Husserl, d'autant plus qu'elle constitua la première publication française consacrée à sa pensée. En 1939, nous avons eu le plaisir de retrouver dans la bibliothèque personnelle du maître, le tiré à part dédicacé de cet article, qu'en 1910, Noël avait adressé à Husserl.

Vers 1913 ensuite, Noël avait suggéré à un de ses meilleurs élèves, le rédemptoriste René Kremer, d'élaborer sous sa direction une dissertation doctorale consacrée à la phénoménologie husserlienne. Par suite de la guerre, ce religieux qui mourut prématurément en 1934, ne put introduire qu'en 1919 son mémoire sur *La Philosophie d'Edmund Husserl.* À la suggestion de son maître, Kremer s'était proposé d'élargir cette étude, et de la présenter ensuite à l'Institut, sous forme de volume, pour l'obtention du grade de "maître agrégé". La guerre mondiale et les sentiments antiallemands que celle-ci suscita en Belgique et particulièrement à Louvain, l'amenèrent à abandonner ce projet. Profitant d'un séjour forcé dans les pays anglo-saxons, où il avait suivi son maître pendant la guerre, il y rassembla toutes les données pour son livre sur *Le Néo-réalisme américain* qui lui permit d'obtenir, en 1920, l'agrégation. On peut toutefois affirmer que, si en 1914 la guerre n'avait éclaté, la première thèse d'agrégation, élaborée sous la direction de Noël, aurait été consacrée vraisemblablement à la pensée de Husserl.

Devenu président de l'Institut en 1928, Noël continua, dans son enseignement de 1930 à 1940, à souligner l'importance du courant phénoménologique, qui avait pris entre les deux guerres l'ampleur que l'on sait. Si, au cours de ces années, plusieurs élèves de l'Institut ont concentré leurs recherches sur cette tendance de la pensée contemporaine, ils s'y sont décidés en grande partie sous l'influence de cet enseignement. Pour ma part, je tiens à affirmer ici que ce furent quelques remarques incisives de ce maître au sujet de la phénoménologie, qui sont à l'origine de mon intérêt personnel pour Husserl. Sous l'influence de ces remarques, je me suis mis ensuite à l'étude de sa pensée. Or, c'est grâce à cet intérêt et à cette étude que je me suis trouvé un jour dans l'engrenage qui devait mener à la fondation des Archives-Husserl à Louvain. Comme, aux moments décisifs de cette fondation en 1938-1939 et jusqu'à sa démission comme président de l'Institut, monseigneur Noël ne nous a jamais ménagé ses conseils sagaces et qu'il fut à vrai dire le plus puissant soutien moral des Archives, je ne peux passer ici sous silence le rôle très important qui lui revient dans la création et le développement des Archives-Husserl.

Arrivé à Fribourg, en août 1938, j'y appris que la femme du philosophe, madame Malvine Husserl-Steinschneider, avait survécu à son mari, et habitait toujours la maison où ce dernier venait de décéder quatre mois plus tôt. Le vide que le régime nazi avait réussi à créer autour de toute personne dite non-aryenne était si absolu, qu'il me fallut toute une série de démarches et l'aide dévouée de plusieurs de mes confrères franciscains fribourgeois pour faire cette constatation si simple en soi. Et il s'agissait de la veuve de celui qui fut de 1916 à 1933 une des plus grandes gloires de cette vieille université, et les funérailles de Husserl étaient encore toutes récentes.

Le lundi 29 août, madame Husserl me reçut à son domicile. Dans la lettre que je lui avais envoyée pour demander une entrevue, je n'avais parlé de façon explicite que de mon projet de consacrer une large étude à la doctrine husserlienne de la réduction. Tout en y annonçant, assez vaguement d'ailleurs, que j'étais en outre porteur d'une proposition de la part de l'Institut supérieur de philosophie de Louvain, je n'avais pas mentionné que cette proposition avait trait aux inédits de son mari. Je lui signalais enfin, que j'étais un prêtre franciscain belge, et que j'étais inscrit comme étudiant à l'université de Louvain. Au point de vue philosophique, y ajoutais-je, je pouvais tout au plus me prévaloir du titre "d'étudiant avancé".

Madame Husserl occupait encore, en ce moment, la belle et spacieuse maison de la Schöneckstrasse aux abords de la ville, où Husserl avait passé les deux dernières années de sa vie. Comme son mari, elle était d'ascendance juive et née dans l'ancienne Autriche-Hongrie. Elle était parente de Moritz Steinschneider, le célèbre spécialiste des manuscrits hébraïques et de la littérature juive du Moyen Âge. Étant d'origine sémite, elle avait à subir, comme son mari, toutes les mesures antisémitiques décrétées par le régime, et elle vivait donc elle aussi depuis 1933 dans la même solitude que lui. Très attachée à ses amis et beaucoup plus éprise de relations sociales que son mari, elle ressentit plus profondément que lui cette solitude, et cela d'autant plus qu'elle décelait plus aisément la part de lâcheté humaine qui en était la cause. Mais elle maîtrisait si parfaitement cette souffrance que beaucoup de gens, même parmi les amis intimes de sa maison, la remarquaient à peine. Extérieurement au moins et jusqu'à la limite du possible, madame Husserl organisait sa vie, prenait les décisions les plus graves, menait sa lourde correspondance, rencontrait des amis de son choix, comme si le régime nazi était inexistant et sans qu'on puisse voir qu'elle en était de fait la victime. Sa force de caractère était d'ailleurs exceptionnelle et devenue proverbiale. Mais ce qui la soutenait surtout, au cours de ces années tragiques, c'était la croyance inébranlable qu'elle avait dans la valeur du message philosophique de son mari. Depuis la mort de Husserl en 1938 et jusqu'en 1945, moment où il apparut que l'héritage spirituel de Husserl était définitivement en sécurité, et que son élaboration scientifique était assurée, madame Husserl a tout subordonné au sauvetage et à la valorisation de cet héritage spirituel, et par là à la conservation de son message philosophique. C'était, croyait-elle, son strict devoir, auquel ni son âge très avancé – elle était née en 1860 – ni les menaces terribles qui pesaient sur elle, ne lui permettaient de se soustraire. C'est en premier lieu à cette femme, fort éprouvée certes, mais nullement brisée par la tourmente, que le monde philosophique doit la conservation d'abord, et la mise en sécurité ensuite de presque tous les documents originaux dont les Archives-Husserl disposent en ce moment.

C'est au cours de cette première entrevue du 29 août 1938, que j'ai pu me rendre compte pour la première fois de l'étonnante masse de documents philosophiques que Husserl avait laissée à la postérité au moment de sa mort. M. Eugen Fink, le fidèle et sagace collaborateur des dernières années du maître, assistait également à cette entrevue et me fit comprendre dès ce moment l'importance capitale de cette œuvre posthume. Profondément saisi, je parcourais des yeux l'impressionnante rangée de dossiers, qui contenaient *les 40 000 pages d'autographes sténographiés de la main du maître*, ainsi que *les quelques 10 000 pages de transcriptions d'autographes*, écrites ou dactylographiées par les assistants successifs du maître, Edith Stein, Ludwig Landgrebe et Eugen Fink. C'étaient ces transcriptions-là, me déclara M. Fink, auxquelles Husserl avait fait allusion dans ses derniers livres et que certains de ses disciples avaient pu consulter au cours des dernières années. Elles étaient certes fort nombreuses, mais que représentaient-elles, me demandais-je, à côté de l'immense quantité de sténogrammes non encore transcrits !

Madame Husserl et M. Fink me montrèrent, ensuite, la riche bibliothèque philosophique que Husserl s'était constituée, de 1880 à 1938. Comprenant plus de 2 700 volumes et une très belle collection de quelque 2 000 tirés à part, elle possédait, outre sa valeur intrinsèque, un intérêt particulier pour le bibliophile, par les autographes d'auteurs que contenaient beaucoup de ces travaux, dédicacés à Husserl. Pour l'historien de la pensée husserlienne, d'un autre côté, l'intérêt de cet instrument de travail personnel du maître était de fait incommensurable. En effet, tous les livres et articles que Husserl avait étudiés portaient en marge d'innombrables notes au crayon, que, de sa fine écriture, il y avait ajoutées au fil de sa lecture. L'étude minutieuse de ces notes marginales permettait à elle seule, de l'avis de M. Fink, la solution du problème épineux des sources littéraires de la pensée husserlienne. L'étude de ces mêmes notes fournirait en outre la clé de la solution de toute une série de problèmes posés au lecteur et à l'interprète des inédits sténographiques que l'on venait de me montrer.

J'appris, enfin, de la bouche de madame Husserl, que, par disposition testamentaire, son mari avait confié la gestion de tout son héritage spirituel à son fils, le professeur Gerhart Husserl. En 1934, celui-ci avait toutefois quitté l'Allemagne, il résidait alors aux États-Unis, où il enseignait au *Washington College of Law*. Ne pouvant, par suite de son éloignement, s'occuper des dispositions à prendre sur place, M. Gerhart Husserl avait en grande partie délégué à sa mère les droits que, par disposition testamentaire, son père lui avait octroyés.

Tout au long de ce premier tour informatif à travers l'importante masse de documents en présence, je préparais dans mon esprit l'échange de vues sur le projet d'édition que nous avions conçu à Louvain. J'espérais, en effet, terminer cette première visite chez madame Husserl par la discussion de ce projet. Quand, à la fin de cet examen détaillé de toutes les pièces en présence, madame Husserl m'interrogea sur "le projet de Louvain", que j'avais annoncé dans la lettre déjà citée plus haut, je me sentis à vrai dire plutôt perplexe. Je commençai par résumer la manière dont, à Louvain, on avait cru pouvoir résoudre éventuellement le problème de l'édition de certains manuscrits. J'y ajoutai immédiatement, que les informations que je venais de recueillir, m'avaient démontré que la solution envisagée était non seulement insuffisante, mais nettement inapplicable.

Ceci étant acquis, continuais-je, je voulais tout de même soumettre sur-le-champ *une autre proposition*, que l'examen des documents, que nous venions de terminer, m'avait suggérée. Cette nouvelle proposition, qui dépassait de loin ce que j'avais soumis à mes maîtres de Louvain, ne les engageait évidemment pas. Elle ne pouvait tout au plus être considérée que comme l'esquisse d'une solution théoriquement possible, dont la réalisation éventuelle dépendrait en premier lieu de son acceptation par les héritiers de Husserl, et ensuite de celle des autorités de Louvain. Étant donné que quelques mois plus tard l'essentiel du projet que je développai alors, prit corps dans l'institution connue actuellement sous le nom d'*Archives-Husserl à Louvain*, je me permets de résumer ici l'exposé que j'improvisai en ce moment, à l'intention de madame Husserl et de M. Eugen Fink.

L'importance de l'héritage spirituel de Husserl était telle, disais-je, qu'il fallait se décider si possible à le mettre *tout entier* à la disposition des chercheurs. Même si les circonstances actuelles ne permettaient d'en publier dans l'immédiat que certaines parties, il fallait le faire en tenant compte du fait que plus tard le monde philosophique désirerait, sans le moindre doute, pouvoir replacer ces parties dans l'ensemble de l'œuvre.

Si telle était bien la perspective dans laquelle il fallait situer tout travail relatif à ces papiers, le seul moyen efficace d'en entreprendre l'élaboration était sans doute la création de ce que j'appelais, déjà en ce moment, les *Archives-Husserl*. Dans ces archives, qui seraient à concevoir comme un centre d'études et de recherches consacré à l'œuvre et à la pensée husserliennes, il fallait réunir tout d'abord toutes les pièces que je venais de voir cet après-midi, et ensuite tout autre document susceptible de jeter une lumière quelconque sur cette œuvre et sur le courant phénoménologique qui en était sorti.

Comme ce travail exigerait une haute spécialisation, il serait nécessaire que cette institution s'attachât la collaboration de chercheurs qualifiés, qui puissent exécuter les recherches appropriées et assumer la responsabilité des éditions à faire. La première tâche de ces collaborateurs serait sans doute de transcrire, en écriture courante et d'après les règles établies en ces matières, une partie notable des textes, sténographiés par Husserl lui-même. Ensuite, chaque texte serait à replacer, autant que possible, dans le contexte historique dans lequel il avait été conçu et consigné par Husserl. Il faudrait enfin assurer l'édition critique de toutes les parties importantes de cette œuvre posthume, tout en mettant en lumière les rapports de ces textes avec les écrits déjà connus. Pour exécuter convenablement cette mise en valeur des inédits, il fallait en outre que les chercheurs y travaillant pussent consulter la bibliothèque personnelle de Husserl, et qu'ils eussent accès aux autres documents qui pourraient les renseigner sur la carrière professorale et philosophique de l'auteur de ces inédits.

Je ne me cachais pas, disais-je ensuite, toutes les *difficultés* qui s'opposeraient à la réalisation d'un tel projet.

En ce moment, la création d'un tel centre en Allemagne était certes exclue, par suite de l'attitude des maîtres du jour. S'il en était ainsi, et si l'on se décidait tout de même à l'ériger, il ne restait que de chercher un endroit propice en dehors des frontières du Reich. On pourrait alors songer par exemple à Louvain, où les responsables de l'Institut supérieur de philosophie s'étaient déjà montrés favorables à l'idée d'entreprendre quelque chose. Mais, dans cette hypothèse, il fallait sans doute s'attendre, de la part des nazis, à des tracasseries sans nombre, lors du transport éventuel de toute cette masse de documents de Fribourg à leur nouveau lieu de résidence, au-delà des frontières allemandes.

Ces tracasseries une fois vaincues, les difficultés ne feraient que commencer. Difficultés financières, tout d'abord, comment trouver, en effet, le nécessaire pour payer les locaux, pour s'assurer les collaborateurs et pour pourvoir aux frais d'édition ? Cette première liste de dépenses, loin d'être exhaustive, ne signalait même pas ce qu'il fallait prévoir ne fût-ce que pour déménager tout ce qui se trouvait réuni ici à Fribourg.

Pour réaliser le projet esquissé, il faudrait surmonter, enfin et surtout, une série de difficultés qui impliqueraient des problèmes d'ordre personnel. La création d'un tel centre ne pourrait, en effet, se concevoir sans l'entière collaboration des deux derniers assistants de Husserl, MM. Ludwig Landgrebe et Eugen Fink, ou du moins de l'un d'eux. Il était donc nécessaire de s'assurer cette collaboration, et cela pour une institution qui, par la force des choses, serait à établir en dehors des frontières allemandes. N'était-ce pas leur proposer, dans l'état des choses du moment, d'accepter de fait le statut, fort peu avantageux à certains égards, d'émigré ?

Que leur collaboration fût strictement indispensable, cela était évident pour toute personne qui avait regardé de près les documents en question. Aucune élaboration de l'immense masse des documents sténographiques ne serait possible, si l'on ne possédait pas la clé de la sténographie du maître. En règle générale, celui-ci suivait d'assez près la méthode dite *Gabelsberger*, avec laquelle bien des gens de formation allemande et autrichienne étaient plus ou moins familiarisés. Mais, au cours des cinquante ans qu'il l'avait utilisée, Husserl s'était forgé toute une série d'abréviations de sa propre invention. En outre, avant d'en arriver au déchiffrement même des autographes et à leur élaboration scientifique, il serait nécessaire de disposer d'une bonne connaissance de la pensée du maître, certes, mais encore de comprendre à fond la manière dont ces autographes étaient classés, le système de renvois dont Husserl faisait usage, et tant d'autres détails que seule une longue familiarité avec des documents de ce genre peut conférer au chercheur qui doit s'y retrouver. Or en 1938, seuls MM. Landgrebe et Fink disposaient pleinement de ce savoir et semblaient être à même d'initier d'autres chercheurs à ce travail. M. Landgrebe était alors jeune Privat-Dozent à l'université allemande de Prague, et y travaillait d'ailleurs depuis deux ans à la transcription de certains manuscrits sténographiques de Husserl. M. Fink qui, pour marquer sa fidélité à ses convictions personnelles et à son maître, avait refusé, depuis 1933, plusieurs offres d'enseignement en Allemagne, habitait toujours Fribourg et achevait en août-septembre 1938 certains travaux sur les papiers de Husserl. Récemment, ils venaient l'un et l'autre de fonder un foyer et vivaient, fort retirés d'ailleurs, des modestes ressources dont disposaient de jeunes chercheurs qui avaient décidé de se consacrer à la philosophie. Accepteraient-ils de collaborer au centre qui serait à créer ? Et même s'ils avaient le désir de le faire, leur serait-il possible de quitter avec leur famille leur lieu de résidence, pour s'établir dans un autre pays, par exemple en Belgique ?

Quand, au cours de cette mémorable entrevue, j'esquissai les problèmes que posait sans doute la collaboration indispensable par ailleurs de MM. Landgrebe et Fink, je voyais encore surgir un autre problème, d'ordre personnel également. Quoique j'eusse soigneusement évité d'en parler sur-le-champ, je me rendis compte qu'il faudrait bien vite l'affronter. Si l'on se décidait à transporter en dehors de l'Allemagne l'héritage spirituel de Husserl, il n'y avait plus rien qui retenait sa veuve à Fribourg. Bien plus, dès que l'essentiel de l'œuvre posthume serait déménagé, et par là mis en sécurité, la simple prudence exigeait que madame Husserl, aussi vite que possible, prenne la décision d'émigrer elle aussi. Il ne fallait en effet aucun don divinatoire pour pressentir la fin tragique que le troisième Reich réserverait à tous ses ressortissants d'ascendance sémite. Ses deux enfants, les seuls proches parents qu'elle possédait, avaient déjà pris, en 1934-1935, le chemin de l'exil. Ils résidaient depuis lors aux États-Unis avec leur famille. Les enfants avaient déjà essayé de convaincre leurs parents d'émigrer, quand, en 1933, l'*University of Southern California* avait proposé à Husserl une chaire de philosophie. Husserl toutefois n'avait pas cru devoir accepter cet enseignement, qui, d'après les intentions nettes des promoteurs de cette proposition, était destiné plutôt à l'éloigner de l'Allemagne qu'à l'introduire réellement dans les rangs d'un autre corps professoral. Proclamant qu'il voulait mourir là où il avait vécu et travaillé, il avait opposé alors une fin de non-recevoir aux pressions des siens. Depuis lors toutefois la situation des non-aryens était devenue de plus en plus intenable en Allemagne, et elle ne faisait toujours qu'empirer. Il fallait en conclure sans doute que, si elle était réalisable, l'émigration de madame Husserl s'imposait dans le plus bref délai. Comme je l'ai déjà dit plus haut, cette conclusion logique ne m'avait nullement échappé. Si je n'en parlais pas sur-le-champ, c'était certes pour ménager mon interlocutrice, mais aussi, je ne peux le cacher ici, parce que j'avais peur de regarder en face l'exécution éventuelle de cette nouvelle tâche qui semblait s'imposer.

Madame Husserl avait suivi avec la dernière attention le long exposé que je viens de résumer. Plusieurs fois elle m'interrompit, soit pour marquer son approbation, soit pour me poser des questions. Après quelques instants de réflexion, elle me dit ensuite que, comme moi, elle était convaincue que seule la création d'un centre d'études husserliennes, tel que je l'avais esquissé, pourrait garantir la valorisation scientifique de l'œuvre complète de son mari. Il était bien évident, continuait-elle, que si ce centre était à ériger maintenant, il fallait le localiser en dehors de l'Allemagne. Certes, des difficultés sans nombre seraient à surmonter. Mais elle était bien décidée à les affronter et à en porter sa part. En finissant cette déclaration, certes étonnante de la part d'une personne de plus de 78 ans, elle me dit qu'à première vue Louvain lui semblait un excellent endroit pour fonder éventuellement une telle institution et elle me demanda de sonder les autorités de l'Institut pour connaître leurs réactions. Entretemps, madame Husserl prendrait soin d'informer M. Gerhart Husserl, son fils, et madame Elisabeth Rosenberg-Husserl, sa fille, des points essentiels de notre conversation d'aujourd'hui. À son fils, auquel Husserl avait légué les droits sur son héritage littéraire, elle demanderait en outre de bien vouloir lui notifier par retour du courrier son accord de principe pour des tractations éventuelles avec l'Institut de Louvain.

Trois jours plus tard, le jeudi 1er septembre 1938, madame Husserl me fit savoir, qu'après avoir examiné de près tous les aspects de la proposition que je lui avais soumise, elle était décidée pour sa part à l'accepter. Dès que les autorités de l'Institut m'auraient notifié leur accord de principe, elle avait l'intention, ajoutait-elle, d'aborder avec moi la discussion de toutes les modalités de son exécution, afin de réaliser aussi vite que possible la création à Louvain du centre de recherches. Elle ne doutait pas, d'autre part, de l'attitude favorable qu'adopterait son fils. En attendant ces nouvelles, il était indiqué d'étudier déjà de près les multiples problèmes pratiques qu'on aurait sans doute à résoudre.

Le lecteur de ce récit sera sans doute surpris de la promptitude avec laquelle madame Husserl se résolut à prendre cette décision. J'en fus d'ailleurs tout étonné moi-même. Pour le comprendre, il faut d'abord se souvenir des graves périls qui pesaient en ce moment sur toute personne juive qui habitait encore le Reich et de l'extrême tension dans laquelle vivaient celles d'entre elles que la tourmente ne réussit point à abattre. À chaque instant, elles devaient être prêtes à prendre les décisions les plus graves. Or, dans le camp des courageux, une place d'honneur revenait certes à mon interlocutrice de ces jours. Madame Husserl possédait éminemment le don de courage, et sa force de décision, même aux heures les plus tragiques, était à bon droit devenue proverbiale dans le cercle de ses amis.

Qu'elle se soit faite si vite à l'idée que Louvain pouvait être le *lieu naturel* de la création d'archives consacrées à Husserl, cela résultait toutefois d'autres raisons encore. La première était, je crois, que la proposition que je venais de lui soumettre, en tant que représentant de Louvain, était précise et fort concrète. Disons qu'elle était faite dans le style que madame Husserl affectionnait. Au cours des longues années passées dans les milieux universitaires, elle avait en outre souvent entendu parler de l'université de Louvain, et elle connaissait le bon renom que la vieille *Alma Mater* brabançonne s'était acquise en Allemagne par les nombreuses éditions critiques faites par des savants de Louvain. La qualité des travaux philologiques sortis de ce centre garantissait à ses yeux la valeur des éditions husserliennes qu'on espérait y entreprendre un jour. Enfin, l'université de Louvain était connue comme une université catholique. Or, depuis 1933, Husserl lui-même et sa femme avaient pu observer, avec une admiration grandissante, la résistance que les Églises chrétiennes en général, et l'Église catholique en particulier, avaient opposée au régime hitlérien. Ils avaient apprécié tout particulièrement l'aversion que beaucoup de chrétiens montraient à l'égard des lois antisémitiques, ainsi que l'affectueuse amitié que quelques catholiques de marque continuaient à leur témoigner, alors que le vide se faisait de plus en plus autour d'eux. Même au cours de ces premières conversations, madame Husserl se plaisait à souligner la fidélité touchante de plusieurs catholiques de son entourage, et en particulier de mademoiselle Joséphine Näpple, sa fidèle gouvernante qui devait d'ailleurs la suivre en exil, de sœur Adelgundis Jägerschmidt, dont nous aurons encore à parler, ainsi que de plusieurs autres. Elle louait d'ailleurs avec une constance égale plusieurs membres de confessions protestantes. Le fait donc que Louvain était une université patronnée par l'Église romaine, lui inspirait visiblement une grande confiance. Elle était en effet convaincue qu'un milieu confessionnel se montrerait bien plus énergique le cas échéant s'il s'agissait de défendre l'héritage spirituel de son mari.

Je m'étais proposé d'utiliser le week-end du 2 au 5 septembre pour rédiger, à l'intention de M. Joseph Dopp, mon directeur de thèse, un rapport détaillé de toutes ces tractations. Je dus toutefois en remettre la composition de quelques jours par suite de l'arrivée à Fribourg de M. Gaston Berger et de M. Ludwig Landgrebe.

Le premier, qui préparait alors son livre sur *Le Cogito dans la philosophie de Husserl* ainsi que ses *Recherches sur les conditions de la connaissance*, se présenta chez madame Husserl le samedi 3 septembre. Je pus le rencontrer le jour même. De là datent la grande amitié et l'extrême bienveillance que cet éminent philosophe, actuellement directeur général de l'enseignement supérieur en France, a toujours voulu porter aux archives de Louvain et à l'auteur de ces lignes. En quelques mots, madame Husserl l'informa des raisons qui m'avaient amené à Fribourg, et des résultats vers lesquels nos conférences des derniers jours semblaient nous amener. Très préoccupé des menaces qui pesaient sur l'œuvre husserlienne, M. Berger souligna avec force l'urgence de la déposer en lieu sûr, c'est-à-dire de la faire sortir des territoires contrôlés par les nazis. Louvain, continua-t-il, présentait toutes les garanties requises pour la création d'un tel dépôt; les manuscrits y seraient certainement conservés avec grand soin et la qualité des travaux sortis de ce milieu garantissait à ses yeux la valeur des travaux qu'on escomptait y entreprendre.

Le lundi 5 septembre, M. Ludwig Landgrebe arrivait à Fribourg. Nous avons déjà dit que celui-ci avait été l'assistant personnel de

Husserl, et était parfaitement familiarisé avec tous les problèmes que posait la valorisation des autographes husserliens. Sa collaboration avec son maître ne fut interrompue ni par son départ de Fribourg en 1929, ni par son agrégation (*Habilitation*) à Prague en 1935. Son livre *Erfahrung und Urteil,* qui allait paraître à Prague en 1939 et que tous les spécialistes de la philosophie husserlienne ont utilisé depuis, n'est autre chose que le résultat le plus remarqué de cette fidèle collaboration. Mais à côté de ce premier travail, qui consistait avant tout dans la rédaction définitive d'inédits de son maître, Landgrebe avait toujours continué à transcrire systématiquement des textes sténographiques de Husserl. Après son arrivée à Prague, il avait même réussi à obtenir que la direction du *Cercle philosophique* de cette ville s'intéressât à ces transcriptions et en facilitât la préparation. Depuis 1936, cette association lui allouait en effet une modeste subvention, qui lui permettait d'entreprendre les voyages nécessaires à Fribourg et de subvenir aux frais de bureau. En guise de reconnaissance pour cette aide financière, Husserl de son côté avait accepté que tous les originaux que Landgrebe transcrirait à Prague restassent en dépôt au siège de ce Cercle. En septembre 1938, quelque 1 500 pages avaient déjà suivi ce chemin, et se trouvaient donc conservées à Prague. D'ailleurs, le voyage de M. Landgrebe à Fribourg n'avait d'autre but que d'assurer, après le décès de son maître, la continuation régulière du travail qu'il avait en chantier. Par suite de ce décès, certaines modalités d'exécution étaient sans doute à revoir. Mais il escomptait fermement continuer son travail et il espérait pouvoir emporter à son domicile une nouvelle série de dossiers. Quel ne fut pas alors son étonnement quand, à son arrivée, il apprit qu'une université belge venait de manifester un très vif intérêt pour les mêmes manuscrits, et se proposait d'en entreprendre la valorisation totale ! La réaction de M. Landgrebe fut immédiate et, à mon grand bonheur, extrêmement favorable. Quelle que fut son appréciation de l'effort fourni par le Cercle de Prague, il comprit sur-le-champ que le projet de Louvain, s'il pouvait aboutir, était bien plus large, et par là même plus satisfaisant.

Le 6 septembre, M. Landgrebe, M. Fink et moi-même eûmes alors une dernière et longue réunion à trois, dont l'objet principal n'était autre que leur collaboration éventuelle au centre de Louvain. Mes interlocuteurs commencèrent par me dire qu'ils approuvaient, sans réserve aucune, les principes directeurs de la solution que j'avais proposée. Pour leur part, ils étaient en outre décidés, continuaient-ils, d'accueillir avec la plus grande bienveillance toute invitation que Louvain leur adresserait et ils espéraient de tout cœur, que, le cas échéant, les circonstances leur permettraient d'accepter une telle invitation.

Il sera inutile, je crois, de souligner l'importance de la déclaration de principe que MM. Landgrebe et Fink venaient de me faire. Le moment était venu de s'enquérir au plus vite des réactions que l'ensemble de tous ces projets provoquerait à Louvain chez mes maîtres. Le 8 septembre, enfin, je pus expédier à M. Dopp un long exposé de ma main, qui devait lui permettre de saisir tout ce qui s'était passé, et d'en discuter les résultats avec les dirigeants de l'Institut. J'y décrivais d'abord tout le riche contenu de l'héritage spirituel que je venais de découvrir. Je résumais ensuite les conclusions auxquelles j'étais arrivé en ce qui concerne la manière de l'élaborer. À ce propos, j'affirmais sans ambages que le transport de toutes les pièces en dehors de l'Allemagne s'imposait, et que la création d'un grand centre de recherches était à mon avis le seul moyen de s'y prendre pour les mettre en valeur. Mais, continuais-je, tout travail efficace relatif à ces papiers était inconcevable, si l'on ne s'assurait pas préalablement la collaboration de MM. Landgrebe et Fink, ou du moins de l'un d'eux. Au cours des deux ou trois premières années de son existence, la nouvelle institution ne pourrait en effet fonctionner sans leur aide et leurs conseils ; leur présence sur les lieux me paraissait strictement nécessaire. Je communiquais enfin à M. Dopp la nouvelle la plus impressionnante sans doute, à savoir que madame Husserl m'avait formellement chargé de transmettre à la direction de l'Institut la proposition d'ériger un tel centre, à Louvain même, dans le cadre de l'Institut. Ma lettre pouvait par suite être considérée comme un message officiel de sa part. De mon côté, je m'engageais à informer madame Husserl de toute réponse que Louvain me ferait parvenir.

Ma longue lettre manuscrite du 8 septembre n'existe plus, je crois. Dans mes dossiers je ne possède que les notes qui m'ont servi à la rédiger. Mais je conserve soigneusement la réponse que, le 12 septembre 1938, M. Dopp m'envoya à Fribourg. Cette réponse était écrite, disait-il, tant au nom de Monseigneur Noël qu'en son nom propre. Le ton extrêmement gentil de la lettre en question, ainsi que les félicitations que l'on m'y prodiguait pour l'efficacité de mon intervention auprès de madame Husserl, ne pouvaient toutefois m'induire en erreur sur la vraie signification de son contenu. À ce moment-là, y était-il dit, l'Institut de Louvain ne pouvait assumer les charges, surtout financières, qu'entraînerait certainement la création du centre proposé par moi. Monseigneur Noël redoutait pardessus tout, m'écrivait M. Dopp, d'"être amené à devoir en quelque sorte assurer la subsistance d'un collaborateur". Il fallait donc abandonner l'idée d'installer à Louvain les deux derniers collaborateurs de Husserl, et même un seul d'entre eux. C'était surtout par crainte de ne pouvoir honorer un jour ce qui, à bon droit, aurait pu être compris comme une promesse, que le président de l'Institut se refusait à faire la moindre ouverture en ce sens. Sa "loyauté absolue" lui dictait cette attitude à un moment où "l'avenir économique lui semblait trop incertain pour pouvoir prendre quelque engagement pour l'avenir".

Toutefois, continuait mon correspondant, ce refus d'accepter, dans toute son ampleur, le projet que je lui avais soumis, n'excluait aucunement le désir de Louvain de participer à l'entreprise d'édition des manuscrits husserliens. Cette participation ne pourrait cependant être que “très limitée”. Mais il était certain “que des propositions précises” seraient examinées à Louvain avec la plus vive bienveillance ; elles pourraient inclure par exemple l’édition “d’un ou de quelques volumes peu nombreux”. Pour conclure, M. Dopp y ajoutait encore que, même si pendant la préparation je me faisais aider par d’autres, il serait en tout point préférable que les volumes publiés à Louvain parussent sous ma responsabilité. C’était là une condition en effet, pour que la publication de ces volumes pût être subventionnée par les fondations belges qui soutiennent la recherche scientifique.

On ne sera pas étonné, je crois, si je confesse ici que, nonobstant les très réels encouragements que cette lettre contenait, son contenu ne s’harmonisait guère avec l’état d’enthousiasme dans lequel je vivais depuis quelques jours. Tout en admettant sans difficulté que mes projets dépassaient les possibilités dont Louvain disposait à ce moment, je ne désespérais pas de trouver tout de même les moyens de les réaliser. Quand je communiquai alors à madame Husserl la réponse de mes maîtres, j’y ajoutai sur-le-champ que, dans mon esprit, elle devait être interprétée comme une première réaction, fort compréhensible d’ailleurs, mais que, pour ma part, j'étais fermement décidé à reprendre, dès que je serais rentré à Louvain, l'examen de ces problèmes dans leur ensemble.

Entraîné par mon enthousiasme juvénile, je concluais en professant ma foi inébranlable dans la fondation prochaine de ce que j'appelais de nouveau *les Archives-Husserl à Louvain.*

Le vendredi 16 septembre, deux ou trois jours après l'entrevue où je l'avais informée de la réponse de Louvain, madame Husserl me téléphona tôt dans la matinée, et me pria de venir la voir dès que je serais libre. Je m'y rendis le jour même vers la fin de la matinée.

Quelques jours plus tôt le gouvernement et le parti nazis avaient lancé leurs premières attaques contre la Tchécoslovaquie, sous le prétexte que celle-ci persécutait la population allemande établie dans le pays dit des Sudètes. La violence de ces attaques était telle qu'il fallait s'attendre sous peu, de la part du Reich, à une action militaire. Ceci mènerait sans doute à une conflagration générale. Les événements qui allaient passer dans l'histoire sous le nom de *crise de Munich* commençaient à se dérouler.

Ce 16 septembre, le jour où madame Husserl m'avait convoqué chez elle, rien ne laissait encore prévoir que deux semaines plus tard, à Munich, la France et l'Angleterre ne feraient qu'entériner les décisions que le Führer leur dicterait. Tout semblait indiquer au contraire que l'éventualité d'un conflit franco-allemand devenait de plus en plus inévitable. Émue, mais dominant ses émotions, madame Husserl m'exprima d'abord la profonde inquiétude que la situation internationale lui inspirait. Cette situation même, continua-t-elle, lui imposait de prendre immédiatement la décision très grave de faire transporter en dehors de Fribourg toutes les pièces de l'héritage spirituel de Husserl ou du moins ses manuscrits. Plusieurs amis, dont M. Krebs, son banquier, avaient attiré son attention sur les dangers qui, en cette ville, menaceraient les manuscrits en cas de guerre. Située en effet à quelques kilomètres de la frontière française, Fribourg constituait sans le moindre doute un des premiers objectifs de l'action militaire ennemie. Convaincue de la nécessité de chercher ailleurs un abri pour l'important dépôt dont elle assumait la garde, madame Husserl me demandait alors de bien vouloir me charger de l'exécution de sa décision. L'accomplissement de cette tâche, ajoutait-elle, n'entraînerait pas que je m'engage en quelque mesure que ce soit à fonder le centre dont on avait parlé antérieurement. Même si je ne pouvais prendre un tel engagement, elle me confierait dans l'immédiat la mise en sécurité de l'essentiel de l'œuvre posthume de son mari, c'est-à-dire de la masse de ses autographes. Si, de mon côté, je voulais accepter cette mission, les mesures essentielles à cet effet seraient prises de commun accord par madame Husserl et par moi, tandis qu'elle me laisserait toute liberté de choisir les modalités concrètes de son exécution.

Je répliquai que j'étais extrêmement sensible à la confiance dont témoignait cette proposition et que je croyais qu'il était de mon devoir de l'accepter. J'ajoutais toutefois qu'une fois la décision de transporter les manuscrits étant acquise, j'étais d'avis qu'il ne fallait pas les déposer ailleurs en Allemagne, mais qu'il était indiqué de les faire passer immédiatement à l'étranger. Certes, en cas de guerre avec la France, Fribourg serait particulièrement exposé ; mais, dans l'Allemagne nazie une autre menace, toujours et partout présente, continuerait à peser sur l'œuvre inédite. Le moindre décret des maîtres du jour, et même la moindre lubie de l'un ou de l'autre des chefs locaux pouvait avoir, en effet, comme conséquence immédiate la destruction totale de tout ce que madame Husserl conservait avec tant de diligence.

En conclusion, je proposais que l'on examine immédiatement toutes les possibilités de transporter au-delà des frontières du Reich sinon l'ensemble de l'héritage husserlien, du moins la totalité des manuscrits autographes et des transcriptions déjà élaborées.

Tout ce que son mari et elle avaient déjà eu à subir de la part des nazis au cours de ces dernières années, eut comme conséquence que madame Husserl comprit sur-le-champ le bien-fondé de mon argumentation. Sans hésiter, elle accepta alors l'idée de chercher, en dehors de l'Allemagne, un lieu sûr, pour y déposer les manuscrits. Mais à cette heure même, où elle venait de prendre cette décision si lourde de conséquences, le sens pratique dont elle abondait, ne la quittait nullement.

À peine avait-elle, en effet, exprimé son accord de principe avec ma proposition, qu'à brûle-pourpoint elle me demanda comment j'envisageais de l'exécuter.

C'est au moment précis de cette mise en demeure que, pour la première fois et de façon explicite, l'idée me vint d'opérer la mise en sécurité de l'œuvre husserlienne, avec le concours éventuel des services diplomatiques belges, établis en Allemagne. Quoique je fusse alors fort peu au courant des droits et des privilèges de ces services, je croyais me souvenir tout d'abord que, même en cas de guerre et jusqu'au moment de leur suppression, les bâtiments qu'ils occupaient jouissaient du privilège de l'exterritorialité. Il me revenait ensuite que les personnes affectées à ces services disposaient de la possibilité de correspondre librement avec le gouvernement qu'elles représentaient : leurs missives et envois passaient les frontières sans y être soumis aux inspections et contrôles en usage.

Il sera aisé de comprendre que, pour résoudre le problème ardu qui s'était posé, les deux privilèges que je viens de mentionner présentaient des possibilités dont les avantages étaient incomparables. Si l'exterritorialité comprenait, en effet, les droits que je soupçonnais, il fallait en conclure que le dépôt des manuscrits dans un des bâtiments qui en jouissait, équivaudrait à leur mise en sécurité. Là ils seraient définitivement à l'abri des entreprises antisémitiques des nazis. Les droits, d'un autre côté, que je croyais assurés à la "valise diplomatique" – c'est à cette institution que je songeais en effet – ces droits permettraient éventuellement de transporter, sans le moindre danger, les manuscrits au-delà des frontières, par exemple en Belgique.

Quoique, par suite de mon manque absolu de familiarité avec les milieux diplomatiques, je ne pusse cacher un certain manque d'assurance, je n'ai toutefois pas hésité à soumettre à madame Husserl ce que je venais d'entrevoir comme une solution possible. Au cas où elle serait d'avis, continuai-je, qu'une telle solution méritait ne fût-ce qu'un essai, j'étais prêt pour ma part à engager des pourparlers soit avec un consul belge, soit avec un diplomate de l'ambassade belge à Berlin.

Après avoir consulté M. Eugen Fink, madame Husserl me chargea au cours de cette même conversation, d'entamer, aussi vite que possible, des tractations avec un des représentants officiels du gouvernement belge en Allemagne. Comme le consulat le plus proche se trouvait à Francfort-sur-le-Main, il fut décidé que je prendrais, le soir même, le train pour cette ville. Le lendemain, je tâcherais d'y rencontrer le fonctionnaire qui dirigeait ce consulat.

Il ne nous échappait cependant pas que, même si mes pourparlers à Francfort étaient couronnés de succès, la mise en exécution du plan d'action que nous venions d'adopter demanderait plusieurs jours, et même plusieurs semaines. Or, la situation internationale s'annonçait telle que, du jour au lendemain, Fribourg pouvait se trouver au centre même des opérations militaires. En vertu de ces dernières considérations, il fut convenu entre madame Husserl, M. Fink et moi-même que nous chercherions, fût-ce très discrètement, un lieu sûr, situé plus loin de la frontière, afin d'y abriter les manuscrits jusqu'au moment de leur expatriation définitive.

Le samedi 17 septembre, je réussis en effet à obtenir une entrevue avec le citoyen allemand qui dirigeait alors le consulat belge à Francfort-sur-le-Main. Il serait exagéré de dire que mon exposé le passionna tout particulièrement, quoique en bon fonctionnaire il se montrât, nonobstant la manière un peu cavalière dont j'avais fait irruption dans ses bureaux, fort correct et aimable. S'il ne m'écoutait que d'une oreille distraite, ce n'était point, à vrai dire, par réel manque d'intérêt ou de générosité, mais pour la bonne raison que, dès le début de mon exposé, il voyait clairement que toute mon argumentation portait à faux, du moins pour autant qu'elle lui était adressée. En effet, elle présupposait à tort qu'un consulat ordinaire jouissait du droit d'exterritorialité, et pouvait faire usage de la valise diplomatique. En fait, aucun consulat, me dit mon interlocuteur, ne possédait ces privilèges. De tous les services belges établis sur le territoire du Reich, seuls les bâtiments de l'ambassade à Berlin étaient exterritorialisés et la valise diplomatique était réservée aux seuls documents que les services de cette ambassade y admettaient. Il s'en suivait que, si je tenais tout de même au projet que je venais d'exposer, il fallait que j'adresse ma requête aux fonctionnaires qualifiés de l'ambassade belge à Berlin. De retour à Fribourg le soir même de ce jour, je communiquai à madame Husserl tout ce que je venais d'apprendre. Après mûr examen, il fut décidé qu'il fallait continuer ces démarches et qu'à cet effet j'aurais à entreprendre le voyage à Berlin. Ce voyage serait toutefois remis à quelques jours : avant de l'exécuter, il semblait sage d'assurer tout d'abord le déménagement des manuscrits vers un endroit plus sûr à l'intérieur du pays.

Une petite enquête, discrètement menée auprès de quelques supérieurs de couvent, me fournit immédiatement la preuve des difficultés très réelles, que nous réservait sans doute cette recherche d'un lieu sûr, situé en terre allemande, où l'on pourrait abriter, même temporairement, les quelques cent kilogrammes de textes sténographiés. Plusieurs de ces supérieurs avaient déjà fourni antérieurement la preuve indéniable de leur opposition farouche au régime hitlérien et à ses décrets antisémitiques. Il était toutefois bien évident qu'ils hésiteraient longtemps avant d'imposer à leurs communautés le risque supplémentaire qu'impliquait la conservation d'une œuvre juive de cette importance, qui, par-dessus le marché, était composée en majeure partie en écriture sténographique. Comme en ce moment les nazis saisissaient toutes les occasions pour faire des perquisitions dans les couvents et que tout document, tant soit peu suspect, était utilisé pour accabler les religieux, je ne pouvais certes pas critiquer le refus qui à plusieurs reprises me fut opposé. M'adressant ensuite à quelques laïcs auxquels on pouvait se fier, je n'eus guère plus de succès.

Nous en étions là le soir même du 17 septembre, quand sœur Adelgundis Jägerschmidt, une religieuse bénédictine du couvent de Lioba situé à Günterstal-lez-Fribourg que j'ai déjà nommée plus haut, nous fit une proposition qui retint immédiatement toute notre attention.

Avant d'entrer en religion, sœur Adelgundis, encore protestante alors, avait suivi à Fribourg les cours de Husserl. Sa conversion au catholicisme et son entrée au couvent avaient fortement impressionné ses multiples amis et connaissances, d'autant plus que ces faits s'étaient produits peu de temps après qu'elle eut passé brillamment son doctorat en présentant un travail historique. En 1938, elle s'était déjà acquis un réel renom dans les milieux universitaires de l'Allemagne du sud, où elle prenait souvent la parole sur des thèmes religieux. Originaire d'une vieille famille de militaires, elle devait sans doute à cette ascendance le courage physique et moral dont elle fit montre tout au long du règne nazi. Contrairement à beaucoup d'autres, elle avait toujours continué à fréquenter bien ouvertement la maison de Husserl. Pendant la dernière maladie de celui-ci, elle l'avait souvent veillé, et, après sa mort, elle avait soutenu de ses conseils et de son affection la veuve du maître.

Informée par madame Husserl des projets en cours et des difficultés auxquelles nous nous heurtions, elle proposait de déposer aussitôt les manuscrits dans une petite résidence que les sœurs de Lioba possédaient en la ville de Constance. Certains faubourgs méridionaux de cette ville chevauchent pour ainsi dire la frontière suisse. Comme les religieuses de cette résidence s'occupaient d'œuvres qui avaient des ramifications tant du côté suisse que du côté allemand de cette frontière, elles pourraient au fur et à mesure de leurs allées et venues, assurer le transport des manuscrits en Suisse. Consultée par sœur Adelgundis, la mère abbesse de Lioba, dont dépendait également la maison de Constance, nous fit savoir que, pour assurer la mise en sécurité de ces importants documents, elle permettait à ses religieuses d'accomplir cette tâche, du moins si elles acceptaient librement de l'assumer.

On aura déjà remarqué que le plan d'action proposé par sœur Adelgundis ne se limitait pas à la mise en sécurité des manuscrits dans une autre localité allemande. Si l'on parvenait à l'exécuter, on aurait en effet trouvé par là même la solution du problème épineux du passage de la frontière et du transport à l'étranger. Je dois avouer que, dès que cette proposition fut introduite, j'avais des doutes sérieux quant à la possibilité de la réussir. Je croyais par surcroît que la situation internationale pouvait entraîner sous peu la fermeture de toute frontière de sorte que l'on risquait sans doute de se voir arrêté au beau milieu des opérations. Ces appréhensions, je ne les ai nullement cachées au moment de la discussion. J'y ajoutais toutefois, que, si je ne voyais pas très bien comment, par cette voie, les manuscrits pourraient être acheminés en pays suisse, je restais au contraire convaincu qu'il fallait saisir sur-le-champ cette occasion providentielle de les éloigner de Fribourg et de les déposer à Constance.

Il fut alors décidé que, le lundi 19 septembre, sœur Adelgundis entreprendrait le voyage à Constance, et qu'elle emporterait avec elle à peu près tous les manuscrits sténographiés. Quand, ce lundi matin, je déposai dans le compartiment occupé par sœur Adelgundis, les trois lourdes valises contenant plus de 40 000 pages d'autographes du maître, l'heure de *l'exodus e patria* avait sonné pour l'œuvre husserlienne.

Le rapport qu'à son retour de voyage sœur Adelgundis nous présenta, nous démontra qu'il fallait sans doute renoncer à cette voie pour passer les manuscrits en Suisse. Ce rapport, nous l'entendîmes le mardi 20 septembre, le lendemain donc du jour où la sœur avait quitté Fribourg. Les religieuses de la maison de Constance, nous dit-elle, avaient accepté bien volontiers de *conserver* chez elles les autographes du maître. Mais elles étaient d'avis que le transport de ces documents en Suisse était une opération qui comportait, à ce moment, des risques terribles. Organiser le passage clandestin de la frontière pour une telle masse de textes sténographiques leur semblait une entreprise qui, si elle n'était pas strictement impossible, était tout de même si périlleuse qu'aucun homme sensé ne pouvait l'envisager. sœur Adelgundis avait en outre pris soin de consulter sur place un ami suisse de la famille Husserl, qui s'était déclaré tout à fait d'accord avec l'avis des sœurs.

Signalons enfin que, pendant les quelques heures qu'elle avait passées de l'autre côté de la frontière, sœur Adelgundis avait expédié une longue lettre informative, adressée à son amie, madame Elisabeth Rosenberg-Husserl, la fille du philosophe. Sous peu, celle-ci ainsi que son frère, M. Gerhart Husserl, seraient ainsi en possession d'un récit détaillé des événements importants qui venaient de se passer dans la maison de leur mère.

Ce récit de sœur Adelgundis ne fit que renforcer mon opinion déjà faite : seule une démarche directe auprès de l'ambassadeur belge à Berlin pourrait nous ouvrir encore une voie de salut. Cette conviction, je l'exprimai alors sans ambages, au cours du long échange de vues qui, le 20 septembre au soir, eut lieu à la maison de madame Husserl. Sœur Adelgundis et M. Fink avaient également part à cette discussion. Après un examen complet de la situation telle qu'elle se présentait en ce moment, tous se rangèrent à mon avis. Madame Husserl me pria alors de me rendre le plus tôt possible à Berlin et d'y entreprendre, auprès de l'ambassade belge, toute démarche que je jugerais utile, pour assurer la mise en sécurité et le transport à l'étranger de l'œuvre posthume de son mari. Avant de me rendre à Berlin, je passerais toutefois d'abord par Constance, pour y reprendre les manuscrits. Si, en effet, mes démarches à l'ambassade étaient couronnées de succès, je pourrais ainsi sur-le-champ déposer les documents à l'ambassade.

On comprendra aisément que je ne pouvais qu'accepter cette nouvelle tâche qui m'était dévolue. J'avais en effet proposé moi-même le plan d'action dont elle découlait. Mais avant d'en amorcer l'exécution, je croyais utile sinon nécessaire d'obtenir de madame Husserl un document écrit et dûment signé, qui, à Berlin, me permettrait d'intéresser plus facilement les gens de l'ambassade au sort de ces manuscrits. À Francfort, le consul m'avait signalé qu'en principe une ambassade ne pouvait accueillir en dépôt que les biens appartenant en propriété à un des ressortissants du gouvernement qu'elle représentait. Il s'en suivait, me semblait-il, que, si à Berlin je devais concéder que je n'étais pas le propriétaire des pièces en question, je courais sans doute le danger d'être éconduit sur-le-champ. Pour éviter ce naufrage en vue même du port, il me semblait strictement nécessaire que madame Husserl me munît d'un document certifiant qu'en vertu des pouvoirs dont elle disposait, elle m'avait constitué propriétaire des manuscrits de son mari. J'ajoute immédiatement que tel que je le concevais, ce document, qui devrait avoir toutes les apparences de l'authentique, ne lierait toutefois en conscience, ni madame Husserl, ni sa famille. Il ne s'agissait, en effet, que d'un contrat capable de créer la situation juridique dont j'aurais besoin pour arriver à mes fins. Dès que j'eus entrevu la nécessité d'un tel acte, j'avais d'ailleurs décidé d'y joindre un second document, que je signerais à mon tour. Cette deuxième pièce stipulerait que l'acte de donation n'était qu'un acte fictif, et que la famille reprendrait entièrement tous ses droits sur les manuscrits, dès que ceux-ci seraient arrivés de l'autre côté de la frontière.

Quand, à la fin de notre entretien, je me permis de demander à madame Husserl si elle pouvait envisager de signer un tel acte, dans les conditions que je viens de décrire, elle me répondit sur-le-champ par l'affirmative. Avec l'aide de M. Fink et d'une juriste juive qui représentait les intérêts de la famille Husserl, deux textes furent alors élaborés et mis au point. Le premier n'était autre chose que l'acte de donation, dont je viens de parler, le deuxième spécifiait mes obligations envers la famille. Le 21 septembre, au moment de la signature de ces deux actes, madame Husserl ajoutait de sa main une apostille au second de ces documents. Dès ce jour, y disait-elle, je disposerais du droit imprescriptible de collaborer à toute entreprise consacrée à l'édition de l'œuvre de son mari. S'il est vrai que j'étais en train de mériter quelque peu un tel traitement, j'appréciais toutefois à sa juste valeur la grande confiance dont ce geste témoignait.

Ainsi, tout était prêt pour mon voyage à Berlin. Le jeudi 22 septembre, je me rendis d'abord à Constance afin d'y reprendre les valises de manuscrits. Au cours de la nuit du 22 au 23, je fis le trajet de Constance à Berlin. Ce même vendredi 23 septembre, après avoir déposé mes valises au couvent des franciscains à Pankow-Berlin, je réussis à obtenir, dans l'après-midi, une entrevue avec deux diplomates de l'ambassade belge. Je fus d'abord reçu par le consul-général, M. Halleux (?), qui me dit que toute décision en matière de dépôt des biens belges à l'ambassade était réservée en règle générale à l'ambassadeur lui-même et qu'il en était de même pour l'admission à la valise diplomatique de pièces non-officielles. Comme l'ambassadeur lui-même était absent de Berlin, il n'y avait que son remplaçant, le secrétaire de l'ambassade, qui pouvait en ce moment trancher les problèmes que je venais d'exposer.

En 1938, M. le vicomte J. Berryer, qui a fait depuis lors une carrière diplomatique extrêmement brillante, occupait à Berlin le poste de secrétaire d'ambassade. L'accueil que ce diplomate voulut bien me réserver, dans ces circonstances si mémorables pour moi, fut tout à fait exceptionnel. La confiance totale qu'il me témoigna sur-le-champ m'étonna alors, comme elle n'a cessé depuis de m'étonner. La compréhension immédiate et l'énergie dont cet homme de bien a fait montre à ce moment grave et décisif pour l'œuvre husserlienne méritent certes d'être commémorées avec gratitude dans le récit de ce sauvetage. Après avoir écouté avec grande attention l'étonnante histoire que je venais de vivre, il accepta aussitôt que, le lendemain même, j'apportasse les manuscrits pour les déposer à l'ambassade. Dès lors, me dit-il, ces documents seraient en effet entièrement soustraits à l'emprise des nazis. Pour les protéger encore plus efficacement, me dit-il, il leur réserverait une place dans l'énorme coffre-fort aménagé à l'ambassade.

La décision de faire transporter les manuscrits à Bruxelles par courrier diplomatique, me disait-il ensuite, ne pouvait toutefois être prise par lui. L'ambassadeur lui-même, le vicomte J. Davignon, refuserait sans doute d'assumer la responsabilité d'un tel envoi, si le ministère des Affaires étrangères à Bruxelles ne lui faisait connaître préalablement son accord. M. Berryer me conseillait alors de me contenter provisoirement du dépôt à l'ambassade des documents dont j'étais porteur. Rentré en Belgique, il lui semblait certain, qu'avec l'aide des autorités de Louvain, la permission de les transporter en Belgique par voie diplomatique serait facile à obtenir.

Le lendemain 24 septembre vers 11 heures du matin, je remettais les manuscrits à M. Berryer lui-même et ensemble nous les déposions au "safe" de l'ambassade. L'essentiel de l'œuvre husserlienne était enfin en lieu sûr. Tout permettait de croire que, sous peu, sa préservation définitive pourrait être assurée.

Ce résultat étant acquis, plus rien ne me retenait dans la capitale du Reich. Il me tardait d'informer d'abord madame Husserl, et de quitter ensuite aussi vite que possible l'Allemagne pour rentrer en Belgique.

Ce désir de rentrer dans mon pays n'aura rien d'étonnant, pour qui se rappelle les événements dramatiques que l'Europe vivait ces jours-là. La crise de Munich en était alors à son paroxysme. Tout le monde considérait la guerre comme inévitable et le début des hostilités comme imminent. Ce n'est qu'après le 25 septembre, qu'une détente, d'ailleurs illusoire, allait se faire sentir, après la rencontre de Chamberlain et Hitler à Godesberg, suivie de la conférence si tristement célèbre de Munich. Mais pendant toute la durée de mon périple à Berlin, rien ne permettait encore de prévoir cette détente. Autour de moi je ne voyais que des visages rongés par le souci et des gens saisis d'effroi devant la menace d'une guerre atroce. Traversant ce pays tout en effervescence, qui sous peu attaquerait sans doute le mien, je brûlais du désir de m'en enfuir, dès que la mission que j'avais assumée aurait abouti. Le fait que je n'ignorais nullement tout ce que, dans l'Allemagne nazie, je risquais en exécutant cette mission, ne pouvait que renforcer encore mon ardent désir de m'en échapper dès que possible. Depuis le 16 septembre, jour où j'avais assumé la tâche de sauver les manuscrits, une sourde angoisse ne m'avait plus quitté. Peu de choses, je le savais, échappaient à l'étroite surveillance policière, instaurée dans ce pays, et rien n'était pardonné à celui qui résistait au moindre décret. Si, à l'intérieur du Reich, j'étais pris en délit, je savais que je pouvais m'attendre aux pires représailles, et qu'on me frapperait d'autant plus durement que j'étais étranger et de surcroît prêtre et franciscain.

Mon voyage à Fribourg du 25 septembre, ainsi que celui de Fribourg à Louvain que j'entrepris le 27 ne furent à vrai dire que deux étapes d'une fuite précipitée. Je ne supportais plus la tension qui m'étreignait. J'avais la nostalgie de revoir Louvain et d'être avec les miens. Madame Husserl, toute heureuse qu'elle fût du succès de mes démarches, comprit que je désirais en finir et rentrer en Belgique. Elle se rendait d'ailleurs compte qu'en Allemagne même, aucune tâche urgente n'exigeait plus ma présence, tandis que mon retour en Belgique s'imposait, ne fût-ce que pour reprendre à l'autre bout mes démarches pour obtenir le transport des manuscrits.

Si, au moment de quitter madame Husserl, la perspective d'échapper bientôt à l'étroite surveillance policière exercée par le régime me remplissait de joie, j'avais toutefois le cœur bien serré quand mes pensées s'arrêtaient à cette dame âgée que j'abandonnais ainsi à son sort.

Quoique visiblement émue, celle-ci me donnait une nouvelle preuve de son étonnante vaillance. Je m'étais comporté envers elle comme un fils, me dit-elle, et j'avais bien mérité de l'œuvre de son mari. Même si la guerre dressait entre nous des barrières infranchissables, elle savait que tout ce que je ferais pour cette œuvre serait fait dans son esprit et d'après ses désirs. Sa confiance totale me serait toujours acquise et elle me souhaitait de tout cœur le plus entier succès.

Le soir du 26 septembre, je prenais congé de madame Husserl. Le lendemain matin, je quittais Fribourg pour rentrer à Louvain. Dans mes valises, j'emportais déjà une partie fort importante de l'œuvre posthume, à savoir un exemplaire complet des transcriptions faites par les assistants de Husserl : Edith Stein, Ludwig Landgrebe et Eugen Fink, et qui reproduisaient en clair un choix de manuscrits autographes. À la frontière, les agents de la sûreté allemande ne montrèrent heureusement aucune curiosité pour cette partie de mes lourds bagages. Le premier acte de l'émigration de l'héritage husserlien vers la Belgique s'achevait ainsi sans incident.

Si j'avais espéré retrouver en Belgique une atmosphère plus détendue qu'en Allemagne, ce que j'y vis en arrivant me détrompa sur-le-champ. La mobilisation y battait son plein et ne semblait pas être une réussite. Tout était en désordre, et une sourde colère montait contre tous ceux qui occupaient la moindre fonction responsable. En ces jours, le bon sens tant vanté des Belges venait, je crois, de disparaître comme par enchantement.

Dans ce chaos, il me fallut quelques jours ne fût-ce que pour retrouver mes maîtres à Louvain. Les uns, en effet, venaient d'être rappelés sous les armes, tandis que ceux qui restaient sur place devaient penser surtout aux mesures urgentes de sécurité pour faire face à la situation. Quand, vers le premier octobre, je réussis enfin à voir ensemble monseigneur L. Noël, M. L. De Raeymaeker et M. J. Dopp, je commençai le récit de mes étonnantes aventures par une annonce qui devait leur paraître à peu près incroyable. Par la volonté explicite de madame Husserl, leur disais-je, j'étais mandaté pour disposer, à quelques limitations près, de l'entièreté des droits littéraires sur l'œuvre posthume de Husserl. En particulier, j'étais porteur d'une nouvelle offre de madame Husserl à l'Institut supérieur de philosophie de Louvain, pour que cet Institut prenne en charge l'élaboration et l'édition de l'œuvre en question. Cette offre ne serait toutefois entièrement valable qu'au moment où M. Gerhart Husserl, le fils du défunt philosophe et l'ayant droit en ces matières, l'aurait formellement confirmée. D'après l'avis de madame Husserl – et celle-ci m'avait autorisé à communiquer cet avis – son fils, une fois pleinement informé, n'hésiterait pas à confirmer sur-le-champ cette offre. Enfin, ajoutais-je, tout l'ensemble des écrits posthumes venait de m'être confié. Si, par prudence et jusqu'à nouvel ordre, j'avais déposé les manuscrits sténographiques à l'ambassade belge à Berlin, en ce moment une série importante de transcriptions de ces textes se trouvait déjà à Louvain.

Comme jusqu'alors ils ignoraient absolument tout de ces nouvelles, mes interlocuteurs pouvaient à peine en croire leurs oreilles. Ces nouvelles leur parurent toutefois moins incroyables, une fois qu'ils eurent pris connaissance de tout ce que j'avais vécu en Allemagne, depuis le début de septembre. À la fin de ce long récit, monseigneur Noël approuva, sans restriction aucune, ma manière d'agir et me félicita de mon comportement. L'offre faite par madame Husserl, me dit-il ensuite, faisait sans doute honneur à l'Institut, et encore plus à l'étudiant de l'Institut, à qui elle fut faite en premier lieu. Il fallait maintenait attendre la proposition sous tous ses angles, pour voir si, à Louvain, on pouvait la réaliser. Monseigneur Noël ne pouvait toutefois me cacher, ajoutait-il, que, loin d'être affaiblies par mon exposé, ses premières appréhensions contre une entreprise de cette ampleur, s'étaient plutôt raffermies. Il fallait donc que j'agisse avec la plus grande circonspection, et que, jusqu'à nouvel ordre, je ne donne à personne l'impression que l'Institut s'était déjà décidé à accueillir ce dépôt et à en assurer l'élaboration. Cette réserve, je ne devais toutefois pas l'interpréter comme un refus de la part des responsables de la maison. Elle ne faisait que traduire la profonde hésitation qu'un projet de cette envergure ne pouvait manquer de soulever chez tout homme sensé, même s'il désirait s'en charger.

Dans le rapport que j'avais fait de mon voyage au début de cette conversation, j'avais souligné tout particulièrement que notre ambassade de Berlin n'expédierait les manuscrits sténographiques par courrier diplomatique que sur ordre exprès des services de Bruxelles. Rien ne s'opposait, croyaient mes interlocuteurs, à ce qu'on entreprenne sur-le-champ des démarches à cet effet. Le fait que la décision définitive sur le centre en question était encore remise, n'empêchait pas de prendre dès ce moment toutes les mesures utiles pour assurer à ces documents une sécurité plus grande. Il fut décidé que monseigneur Noël s'adresserait directement à M. Paul-Henri Spaak, qui était alors premier ministre et ministre des Affaires étrangères. La réponse du ministre serait sans doute favorable, croyait-on, et ainsi le dernier obstacle qui s'opposait au transport des manuscrits serait enfin éliminé.

La réponse de M. Spaak fut, en effet, favorable. Le 11 octobre déjà, je fus reçu par M. E. Nicaise, le secrétaire chancelier du cabinet des Affaires étrangères, afin de régler avec lui les modalités de ce transport. Avant la fin du mois de novembre, les documents que j'avais déposés à Berlin se trouvaient de nouveau réunis, mais cette fois-ci dans le "safe" de la bibliothèque de l'université de Louvain. Je les croyais dès lors à l'abri des nazis. Je ne prévoyais pas en ce moment, que, moins de deux ans plus tard, ces derniers s'installeraient à leur tour en Belgique, et que, pendant plus de quatre ans, leur présence m'obligerait à cacher de nouveau le trésor que je venais de leur soustraire.

Signalons ici en passant, qu'en mai-juin 1939, les services du courrier diplomatique sont intervenus une nouvelle fois pour soustraire aux nazis une dernière partie des autographes de Husserl. J'ai déjà relaté plus haut dans quelles conditions et à quelle fin le maître avait confié au *Cercle philosophique de Prague* une série de manuscrits. Or, le 15 mars 1939, Hitler annexait la Tchécoslovaquie sans autre forme de procès, et les lois antisémitiques y entrèrent en vigueur.

Il fallait en conclure que les manuscrits husserliens déposés à Prague étaient en danger. En exécution d'un accord conclu antérieurement avec la direction de ce Cercle à l'occasion d'un voyage à Prague dont j'aurai encore à parler, les services du ministère belge des Affaires étrangères ont bien voulu faire transporter à Bruxelles ce dernier paquet de documents. Le 12 juin 1939, M. Nicaise me communiqua que la valise contenant ces papiers venait d'arriver à Bruxelles et qu'il la tenait à ma disposition.

Si cette solution heureuse du problème du transport me remplissait de joie, je ne peux cacher que j'étais plutôt alarmé par les hésitations que, de prime abord, mes maîtres m'avaient manifestées devant le projet d'ériger à Louvain un centre d'archives. Les réserves que monseigneur Noël avait exprimées à cet égard me faisaient craindre qu'elles pussent l'amener à décliner les propositions faites. Je ressentais bien que l'entière sympathie du président de l'Institut et de mes professeurs m'était acquise, et qu'ils continueraient à me soutenir. Mais l'enthousiasme bouillant qui s'était emparé de moi, m'empêchait d'évaluer à leur juste valeur les obstacles très réels qui s'opposaient à mes plans, et m'amenait à tort, j'allais bientôt le voir, à douter des intentions réelles de ceux qui gardaient la tête plus froide.

Pour ma part, je restais décidé à tout essayer pour que l'œuvre husserlienne restât en Belgique et pour que l'entreprise de sa valorisation y fût établie. Comme je craignais alors que Louvain n'accepte pas, ou du moins que les dirigeants de l'Institut refusent de s'y engager seuls, je me demandais si la solution qui s'imposait n'était pas de constituer les archives dont je rêvais, *sous l'égide des quatre universités belges réunies.* Au cours des dernières années, plusieurs titulaires des différentes chaires de philosophie, établies à ces universités, avaient manifesté, je le savais, de l'intérêt pour la pensée de Husserl. À Gand, il y avait M. Edgar De Bruyne, dont la grande autorité en matière de phénoménologie était reconnue par tous. M. Jean Lameere de Bruxelles était depuis quelques mois en correspondance suivie avec madame Husserl et avec tout un groupe de phénoménologues ; il comptait en effet éditer sous peu un numéro de la *Revue internationale de philosophie*, consacré à Husserl. Ces dispositions favorables à plusieurs philosophies belges m'étant connues, j'étais d'avis qu'il serait sans doute possible de les réunir en comité, pour qu'ils prennent *collectivement* la décision d'ériger et de diriger un centre d'études husserliennes. Un tel comité, croyais-je en outre, se trouverait, de par sa composition même, dans une position avantageuse, quand il s'agirait de demander des subventions aux pouvoirs publics et aux fondations scientifiques belges. Les responsables de ces dernières institutions ne pourraient que difficilement repousser une requête qui leur était soumise au nom de représentants qualifiés des quatre universités réunies.

Je parlai brièvement de ce nouveau plan d'action à M. L. De Raeymaeker, qui souleva bien quelques objections, mais qui ne sembla pas en condamner le principe. Voulant aboutir coûte que coûte et aussi vite que possible, je profitai quelques jours plus tard d'une occasion fortuite et je m'ouvris de ce projet à M. Edgar De Bruyne de Gand et à son collègue d'alors M. H. J. De Vleeschauwer. Dans ma hâte, j'avais négligé d'avertir soit monseigneur Noël, soit M. Dopp de la démarche que j'allais entreprendre. Je me suis rendu compte trop tard que j'enfreignais ainsi les règles du jeu et qu'objectivement cette manière d'agir pouvait paraître étrange à mes conseillers.

Le 12 octobre, j'avais rencontré M. De Bruyne et le 14 j'avais eu à Gand une entrevue avec M. De Vleeschauwer. Tous les deux s'étaient prononcés favorablement sur l'idée de provoquer une collaboration interuniversitaire pour créer et diriger le centre envisagé. Une telle collaboration leur paraissait possible et présenterait, croyaient-ils, certains avantages appréciables.

Tout fier de ces résultats, je les rapportai à M. De Raeymaeker, en le priant d'en informer le président de l'Institut. J'avoue que la première réaction de mes maîtres me surprit grandement. En effet, monseigneur Noël m'apprit qu'il avait entretemps pris une série de décisions. Du 1er au 15 octobre, il avait étudié de près les divers problèmes posés par la création éventuelle de telles archives, et il avait décidé de les ériger *dans le cadre de l'Institut* qu'il dirigeait. Il passa alors aux actes. Je pus constater alors que ce digne et savant prélat qui avait le renom de se décider fort lentement et de ne pas se hâter dans l'exécution de ce qu'il avait décidé, possédait également, quand il le fallait, tous les dons d'un homme d'action. En moins de dix jours, et au prix de multiples déplacements et visites, cet homme déjà âgé et qui était par surcroît presque aveugle, réussit d'abord à obtenir de monseigneur Paulin Ladeuze, recteur de l'université, son accord de principe pour la création de ce centre. Avec l'assentiment du recteur, le président de l'Institut prit ensuite soin de demander l'avis des évêques belges, qui forment de droit le conseil d'administration de l'*Alma Mater* brabançonne. Ayant obtenu le *nihil obstat* des évêques, Noël et Ladeuze introduisirent conjointement une demande motivée auprès des fondations belges de recherche scientifique, afin d'assurer à la nouvelle institution les fonds nécessaires. Suite à cette dernière démarche, le Conseil d'administration de la *Fondation Francqui* décida, dans sa séance du 27 octobre 1938, d'allouer aux archives, pendant au moins deux exercices, la somme de Frs.: 75000 – belges par an. Cette somme serait mise à la disposition de l'Institut supérieur de philosophie et devait être utilisée pour couvrir, à Louvain, les frais de séjour et d'entretien de deux chercheurs spécialisés. Les deux chercheurs visés n'étaient autres que M. Ludwig Landgrebe et M. Eugen Fink, qui avaient accepté en principe de prendre pour un certain temps domicile à Louvain, et dont la première tâche consisterait dans le déchiffrement systématique des manuscrits sténographiques.

Il est légitime, je crois, de considérer ce 27 octobre, jour où la Fondation Francqui prit l'engagement que nous venons de mentionner, comme la vraie date de naissance des *Archives-Husserl à Louvain.* Ce jour-là, en effet, le dernier obstacle qui s'opposait à la création des archives, fut définitivement levé; et convenons-en cet obstacle était de poids... Toutes les décisions essentielles étaient maintenant prises, et les moyens de subsistance étaient assurés. Enfin, l'heure avait sonné pour la réalisation concrète de tous les grands projets que, comme Paul de Tarse, j'avais conçus *in plagis, in laboribus et in vigiliis multis.*

Je me contenterai ici de rappeler brièvement quelques faits saillants de ce qui s'est passé au cours des mois suivants. Du début de novembre 1938 jusqu'à la fin du mois de juin 1939, ma tâche se ramena essentiellement à l'exécution des décisions que je viens de signaler.

Au cours d'un nouveau voyage que j'entrepris du 12 au 25 novembre 1938, je m'arrêtai d'abord à Fribourg-en-Brisgau, pour y rencontrer madame Husserl et M. Eugen Fink. Ensuite je me rendis de Fribourg à Prague où j'avais à soumettre à M. Landgrebe l'offre de collaboration aux archives émanant de Louvain.

Au cours de ma visite à Fribourg, il fut décidé tout d'abord que madame Husserl quitterait aussi vite que possible l'Allemagne, dans l'espoir de rejoindre ses enfants aux États-Unis. Comme, au cours d'un voyage éclair à Stuttgart, j'avais appris, au consulat américain établi en cette ville, que, dans son cas, il était exclu d'obtenir sur-le-champ les papiers d'immigration, je proposai à madame Husserl de s'établir provisoirement en Belgique. Par là même elle échapperait en effet aux dangers trop réels qui la menaçaient ici, et elle pourrait y attendre, en paix sans doute, le moment de son immigration aux États-Unis.

Pendant ce même passage à Fribourg, je pus élaborer encore avec l'aide dévouée de M. Fink, un projet de contrat entre la famille Husserl d'une part et l'Institut supérieur de philosophie d'autre part. Ce texte avait pour objet de déterminer pour l'ensemble de l'œuvre posthume de Husserl, les droits et devoirs des parties contractantes. Quoique madame Husserl l'approuvât sur-le-champ, il était entendu qu'il n'entrerait en vigueur qu'après avoir été ratifié d'une part par M. Gerhart Husserl, qui en ces matières représentait de droit la famille, et d'autre part par monseigneur Noël, le président de l'Institut. Ce projet, qui, à quelques légères modifications près, fut signé au cours du mois de décembre suivant, laissait à la famille la propriété de tous les autographes et papiers personnels de Husserl ; il garantissait toutefois à l'Institut, au moins à l'intérieur de certaines limites, le droit de transcrire ces documents, de les utiliser et, enfin, de les éditer.

Enfin, avant de quitter Fribourg, j'eus la satisfaction d'apprendre que M. Fink acceptait de s'établir à Louvain, pour y collaborer, aux conditions offertes par la Fondation Francqui, à la valorisation du legs Husserl.

Mon voyage à Prague du 18 au 22 novembre, m'obligea deux fois à traverser à mes risques et périls le pays des Sudètes que le Reich venait d'engloutir. À vrai dire l'anarchie et le désordre y étaient encore rois, et pour passer à travers ces territoires, il fallait savoir faire flèche de tout bois. À Prague même, l'humiliation cuisante que les accords de Munich venaient de consacrer, rendait les gens peu secourables envers un étranger qui ne s'exprimait qu'en français ou en allemand, deux langues qu'en ce moment ils détestaient d'une égale fureur. L'accueil gentil de M. et Mme Landgrebe et la prévenante hospitalité de M. Jan Patočka réussirent toutefois à me faire oublier l'impression accablante que m'a laissé ce séjour dans cette ville, qui par ailleurs me parut radieusement belle.

Je pus arriver très vite à obtenir l'accord de M. Landgrebe, pour qu'il vînt s'installer à Louvain afin d'y collaborer au nouveau centre. Comme M. Fink, il acceptait volontiers les conditions qui lui étaient offertes.

Grâce à l'entremise de MM. Landgrebe et Patočka, je pus rencontrer à Prague M. Emil Utitz, le président du Cercle philosophique de Prague, qui patronnait les transcriptions d'autographes de Husserl dont j'ai parlé plus haut et qui assurait la conservation des originaux déjà transcrits. À cette occasion, un accord de principe fut conclu entre ce Cercle et l'Institut de Louvain, d'après lequel ces originaux seraient transférés en Belgique si jamais la menace d'occupation totale de la Tchécoslovaquie par le Reich devenait une réalité. J'ai déjà dit plus haut comment au cours du printemps 1939, après l'annexion par Hitler de ce que Munich avait laissé subsister de la République tchécoslovaque, cet accord fut exécuté.

Enfin, avant de quitter Prague, je fis encore une courte visite aux *Archives-Brentano*, que le Professeur Oskar Kraus y avait fondées et dont il dirigeait les travaux. Étant lui aussi d'ascendance juive, ce dernier allait être acculé, quelques mois plus tard, à une fuite précipitée vers Londres, pour échapper aux nazis. Il ne put emporter alors qu'une toute petite partie de ce qu'il avait si patiemment réuni dans ses archives, et son départ signifia en même temps l'arrêt complet du travail d'édition des papiers de ce fonds. Quoiqu'il ne pût me cacher son dépit pour ce qu'il appelait l'influence démesurée de la pensée husserlienne aux dépens de celle de Brentano, Oskar Kraus me montra volontiers le contenu de ses archives et me fournit force détails sur les méthodes utilisées pour les mettre en valeur. Si son animosité à l'égard de Husserl me mortifiait un peu, j'avoue que son expérience en ces matières m'en imposait, et que, plus tard, je me suis souvent inspiré de ce que j'avais vu chez lui.

À mon retour à Louvain le 25 décembre, j'y trouvai une longue lettre de M. Gerhart Husserl, à qui, comme je l'ai déjà dit plusieurs fois, appartenaient les droits littéraires sur l'héritage spirituel de son père. En date du 17 octobre, je l'avais informé de mon côté de tout ce qui s'était passé et je lui avais demandé de nous faire connaître son avis sur le projet en cours. Dans sa réponse, il se montrait favorable à la création d'archives à Louvain, à condition toutefois que l'Institut réussisse à assurer à ces archives la collaboration, indispensable, croyait-il, de MM. Landgrebe et Fink. Comme, depuis mon dernier voyage, cette collaboration ne faisait plus de doute, je lui soumis, par retour de courrier, le projet de contrat que, quelques jours plus tôt, M. Fink et moi-même avions élaboré à Fribourg, et que madame Husserl avait déjà approuvé. Après que quelques modifications de pure forme y furent apportées et que madame Elisabeth Rosenberg-Husserl l'eut également approuvé, ce texte, la charte fondamentale des archives, fut ratifié par les deux parties. Monseigneur Noël le signa au nom de l'Institut, et, le 25 décembre 1938, M. Gerhart Husserl de son côté y apposa sa signature.

L'année académique 1938-1939, au cours de laquelle j'avais également à suivre à l'Institut mon programme de doctorat en philosophie, fut pour moi une année d'activité fébrile et elle faillit d'ailleurs coûter cher à ma santé. Comme elle me permettait toutefois de récolter les multiples fruits de mes labeurs antérieurs, j'en ai gardé un souvenir bien réconfortant.

Le 16 mars 1939, M. Fink arriva en Belgique, et commença peu après son travail de transcription. Si son déplacement et l'installation de son ménage à Louvain s'étaient faits sans trop de difficultés, il n'en était pas de même pour M. et Mme Landgrebe et leur jeune fils, qui, après l'annexion de la Tchécoslovaquie, eurent toutes les difficultés du monde pour obtenir leur permis de sortie, et faillirent perdre par leur émigration l'ensemble de leur mobilier. Le 24 avril, après avoir subi des tracasseries sans nombre tant de la part des nazis, que de celle des employés tchèques, ils débarquèrent enfin à Louvain ; ce n'est que le 14 août suivant que leurs meubles, expédiés de Prague à la fin du mois de mars, finirent par être livrés à Louvain.

Entretemps, nous avions également réussi à mener à bonne fin le projet de l'émigration de madame Husserl en Belgique. Grâce à l'aide efficace de personnalités politiques belges professeurs à Louvain, M. A. Carnoy et M. A. de Vleeschauwer, j'avais réussi, après des démarches sans nombre, à arracher – c'était bien cela ! – au ministère de la Justice un visa d'entrée et un permis de séjour pour madame Husserl. Du 13 au 18 janvier, je m'étais rendu une troisième fois à Fribourg pour lui annoncer cette nouvelle, qui, pour réconfortante qu'elle fût, contenait toutefois en même temps l'annonce de son exil et de la rupture totale avec son passé. Si sa souffrance était réelle, celle-ci ne diminua en rien ni sa force de décision, ni son génie pratique. Dès qu'elle fut certaine de la possibilité d'émigrer, elle s'y décida de plein gré et se mit à préparer son exode de la façon la plus méthodique et la plus méticuleuse. Grâce à l'énergie, dont elle ne se départit jamais, elle réussit en outre à obtenir les permissions nécessaires pour emporter, non seulement le riche mobilier de sa belle maison, mais encore la bibliothèque importante de feu son mari. Madame Husserl, accompagnée de sa fidèle femme de chambre Joséphine Näpple, arrivait en Belgique, le 20 juin 1939. Quelques jours auparavant, j'avais dédouané en son nom les 60 caisses qui contenaient la bibliothèque, ainsi qu'une énorme tapissière avec l'ensemble de son mobilier.

D'après nos prévisions, madame Husserl ne devait séjourner en Belgique que jusqu'au moment de son départ pour les États-Unis, où elle irait rejoindre ses enfants. Quelques mois croyions-nous, suffiraient pour lui obtenir le visa d'immigration. Bien vite, nous dûmes nous rendre compte que, dans un cas comme celui-ci, les autorités américaines seraient moins accueillantes que nous ne l'avions espéré. Les fonctionnaires du *State Department* se montrèrent en effet inflexibles et, tout en restant fort corrects, ils refusèrent de prendre en considération les recommandations les plus chaleureuses, même celle qui leur fut présentée par M. Paul van Zeeland, qui disposait pourtant auprès d'eux d'une autorité exceptionnelle. En septembre 1939, quand la guerre nous obligea à renoncer à tout projet de voyage aux États-Unis, nous en étions toujours au point mort. Contrairement à toutes nos évaluations, le séjour de madame Husserl se prolongea jusqu'en mai 1946, date où je l'accompagnai à Göteborg, d'où, à l'âge de 86 ans, elle s'embarqua pour les États-Unis.

De juin 1939 au 6 mai 1946, elle occupa dans un couvent de religieuses à Herent-lez-Louvain quelques modestes chambres. Pendant toute l'occupation nazie elle dut se plier aux terribles exigences de la vie "en cachette". En cette occasion elle se montra de nouveau d'un courage inébranlable. La sollicitude que nous déployions pour sauver alors une nouvelle fois l'œuvre de son mari, ainsi que l'affection que lui prodiguèrent les sœurs et surtout Joséphine Näpple, son incomparable servante, l'aidèrent puissamment à supporter cette longue solitude et ces années interminables d'attente. Sans que j'y fus pour rien, elle m'exprima en 1941, son désir d'entrer dans l'Église romaine. Sa foi de néophyte ainsi que sa pratique religieuse lui furent d'un grand secours au moment où tout espoir lui semblait interdit et que tout paraissait conspirer pour la menacer.

En septembre 1940, la tapissière avec les meubles, dont j'ai parlé plus haut, fut malheureusement détruite par suite de faits de guerre; nous l'avions gardée au port d'Anvers, en attendant qu'on puisse l'expédier aux États-Unis. Le bombardement allié du 16 septembre 1940, et l'incendie qui en fut la conséquence détruisirent deux beaux portraits du jeune Husserl dûs au talent de son maître

Brentano, ainsi qu'une importante partie de sa correspondance, dont celle qu'il avait entretenue avec M. Martin Heidegger. Sur les lieux du sinistre, j'ai toutefois retrouvé les restes de l'urne qui contenait ses cendres. Avant sa mort, Husserl avait demandé l'incinération. Il s'était décidé à prendre cette mesure, pour empêcher que des nazis fanatisés ne s'en prennent à sa tombe. En 1938, plusieurs sépultures de personnes juives avaient déjà eu à subir des actes profanatoires de ce genre. Pendant toute la durée de la guerre, j'ai omis d'informer madame Husserl de la perte cruelle qu'elle venait de subir par suite de la destruction de cette tapissière. Quant aux cendres, je les conservai entretemps dans la cellule franciscaine que j'occupais à Louvain. Après la guerre, je les restituai à la famille.

En 1950, après la mort de leur mère, les enfants de Husserl ont décidé de déposer ses cendres à côté de la dépouille mortelle de madame Husserl sous une pierre, belle, quoique fort simple, au cimetière de Güntersthal-lez-Fribourg.

Si, de l'ensemble de cette tapissière, nous n'avons réussi à sauver que les cendres du maître, nous avons été bien plus heureux dans nos efforts pour préserver sa bibliothèque.

Nonobstant toutes les menaces auxquelles celle-ci fut exposée de 1940 à 1945, tant de la part de l'occupation nazie que de celle des bombardements alliés, cette bibliothèque constitue encore à l'heure actuelle une *pars integrans* du fonds Husserl, conservé à Louvain. Si jusqu'à ce jour la famille s'est toujours réservé la propriété des autographes de Husserl ainsi que celle des documents personnels confiés aux Archives, elle a cependant cédé à l'université de Louvain l'entièreté de ses droits sur la bibliothèque du maître. Le 24 avril 1939, j'informais M. Gerhart Husserl par télégramme d'une offre d'achat émanant de monseigneur Ladeuze, recteur de Louvain; le jour suivant M. Husserl nous notifia qu'il acceptait cette offre. Ainsi la bibliothèque de Husserl devint la propriété de l'université à laquelle les Archives étaient rattachées.

Par l'arrivée des envois que madame Husserl nous avait destinés, toutes les pièces essentielles de l'héritage spirituel de Husserl se trouvaient ainsi réunies à Louvain. Entretemps, toutes les mesures juridiques, nécessaires à leur élaboration, avaient été arrêtées par des accords dûment signés. Le personnel scientifique disposant des connaissances requises à leur valorisation, était sur place. En un mot, fin juin 1939, la période de constitution des *Archives-Husserl à Louvain* touchait à sa fin et d'ores et déjà le travail effectif pouvait commencer.

Pendant tout l'été de 1939 et jusqu'en mai 1940, MM. Landgrebe et Fink ont alors consacré tous leurs efforts à la transcription dactylographiée d'une série impressionnante d'autographes sténographiques de leur maître. Même au cours de la "drôle de guerre", qui éclata en septembre 1939, ils ne diminuèrent en rien leur production quotidienne.

Celle-ci n'allait être arrêtée que le vendredi 10 mai 1940. Ce jour-là, en effet, la Belgique à son tour était attaquée par les armées du Reich. En quelques heures le pays tout entier fut transformé en un vaste champ de bataille. En deux jours, le petit groupe d'émigrés que j'avais réunis autour des Archives fut entièrement dispersé.

Étant de nationalité allemande, MM. Landgrebe et Fink ainsi que l'épouse de ce dernier, furent internés le matin même du 10 mai pour être transportés peu après dans le Midi de la France. Ils n'en revinrent qu'en juillet, après que la France eut déposé les armes. Madame Husserl et sa servante, ainsi que madame Landgrebe et ses deux enfants – le second était né le 8 mai 1940! – trouvèrent un asile dans une grande clinique située tout près de Bruxelles. Le 13 mai au grand matin, je dus à mon tour quitter Louvain. D'après les ordres formels du gouvernement, tout citoyen belge de 16 à 35 ans avait le devoir d'échapper aux Allemands et de se tenir prêt à rejoindre l'armée. Ne sachant pas encore que toutes ces dispositions resteraient inopérantes, je me soumis à cet ordre. Les abris qu'avant mon départ j'avais assignés aux documents des Archives, n'étaient d'aucune valeur en cas de guerre. J'en étais bien conscient, mais que faire de mieux quand tout est complètement désorganisé ?

Quelle ne fut pas ma joie, quand, regagnant Louvain en août, après une absence de près de trois mois, j'y retrouvai sains et saufs ceux que j'avais dû abandonner à leur sort, et parfaitement intacts les précieux documents que j'avais dû laisser. Si grande toutefois que fût la satisfaction que j'en ressentis, celle-ci ne put me cacher que, tant pour ces personnes que pour ces documents l'occupation allemande impliquait des menaces, bien plus graves encore, que celles qui venaient de s'éloigner. De nouvelles décisions s'imposaient sur-le-champ.

Les Archives en tant que telles disparurent de la scène officielle, et elles furent condamnées à toutes les misères que l'occupation nazie infligeait aux institutions, qui, en opposition formelle avec les décrets en vigueur, persistaient tout de même à vouloir travailler. Nous avons déjà dit que madame Husserl dut se résigner à adopter, pour plus de quatre ans, le statut atroce de la vie en cachette dans un pays exténué par l'occupation allemande. À cause de la dissolution des archives, toute fictive qu'elle fût, la Fondation Francqui se vit dans l'impossibilité d'allouer encore le moindre subside. MM. Landgrebe et Fink, dont par ailleurs le séjour en Belgique commençait à susciter la curiosité des nazis, se décidèrent à rentrer en Allemagne. Leur départ précipité, en novembre 1940, signifiait en même temps l'interruption brutale de tous les travaux que, quelques mois plus tôt seulement, ils avaient si heureusement mis en chantier. Ainsi, à la fin de 1940, toute l'entreprise si péniblement mise sur pied en 1938-39, semblait vouée sinon à la dissolution, du moins à l'interruption de tout travail effectif. À côté des difficultés et privations que toute guerre impose aux institutions scientifiques pour la recherche désintéressée, la présence et la surveillance nazies risquaient d'entraîner la destruction totale des Archives.

Ainsi s'ouvrit en novembre 1940, une nouvelle période dans l'histoire du sauvetage de l'œuvre posthume de Husserl. Pour la deuxième fois, en moins de deux ans, les circonstances nous imposaient en effet la tâche ardue de soustraire cette œuvre aux nazis et d'en assurer la valorisation. Cette double tâche, on le sait, put être menée à bonne fin. On réussit même à reprendre activement la transcription des manuscrits, longtemps avant que l'envahisseur ne fût contraint à se retirer de la Belgique. Nous réservons toutefois à d'autres occasions le récit détaillé de ces longues et noires années. Si, grâce à Dieu, nous en sommes sortis vainqueurs, nous le devons, une fois encore à l'aide efficace de nos multiples amis, et tout particulièrement au soutien financier de mes frères et au soutien moral que mes maîtres à l'Institut n'ont cessé de me prodiguer. En 1941, j'étais devenu le jeune collègue de mes maîtres. Si, au cours des événements que je viens de relater, ils ne m'avaient jamais ménagé ni leur sympathie ni leur sollicitude, dès 1941 tous sans exception traitèrent les Archives comme une entreprise de famille, et portèrent sans hésiter la part des risques et périls qu'elle entraînait.

C'est à mes maîtres et amis, défunts et vivants, que nous dédions ces pages. La mise en sécurité de l'œuvre husserlienne et la constitution des Archives-Husserl, dit-on communément, sont l'œuvre de l'auteur de ces lignes. Le long récit que nous venons de faire démontrera, j'espère, qu'une large part des mérites que l'on nous attribue si généreusement, revient de droit à d'autres que nous. Que tous ceux qui, en ces heures parfois tragiques, nous ont donné leur confiance, nous ont guidé de leurs conseils et nous ont soutenu de leur affection, veuillent accueillir ces pages comme un tribut de la reconnaissance que fidèlement nous leur vouons.

En bon disciple du Poverello d'Assise, nous aimerions en effet que notre comportement envers eux illustre les beaux vers de Térence :

quanta haec mea paupertas est, tamen
Adhuc curavi unum hoc quidem, ut mihi esset fides[1].

1. "jusqu'à présent je ne me suis occupé que d'une seule chose, c'est de mériter qu'on eût en moi toute confiance." Térence, *Le Phormion*, acte V, scène X. (N.d.E)

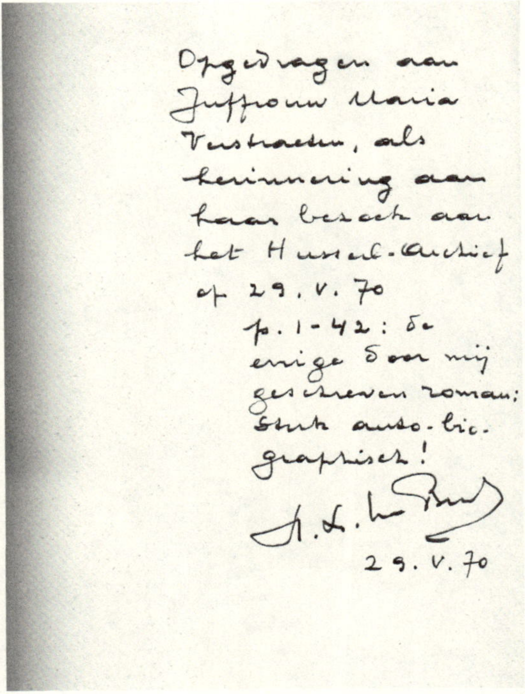
Opgedragen aan
Juffrouw Maria
Verstraeten, als
herinnering aan
haar bezoek aan
het Husserl-Archief
op 29.V.70
p. 1-42: de
enige door mij
geschreven roman:
sterk auto-bio-
graphisch!
H.L. Van Breda
29.V.70

Dédicace, de la main de Herman Van Breda, de *Husserl et la pensée moderne / Husserl und das Denken der Neuzeit*, La Haye / Den Haag, Martin Nijhoff, 1959 : “Dédié à Mademoiselle Maria Verstraeten, en mémoire de sa visite aux Archives Husserl du 29.V.70 / p. 1-42 : le seul roman que j’ai écrit : fort autobiographique ! H.L. Van Breda, 29.V.70” (Collection privée.)

POSTFACE

LE VENDREDI 8 mars 1974, des dizaines de philosophes se rendent à Louvain pour l'enterrement du père flamand Herman Leo "Léon" Van Breda. Sa mort subite a provoqué une onde de choc dans le monde philosophique, y compris hors de la Belgique. La liste des invités aux funérailles réunit des figures majeures de la philosophie européenne de l'époque. Paul Ricœur est très ému. Emmanuel Levinas, selon une ancienne coutume juive, verse du sable sur le cercueil de son ami catholique – l'homme qui a publié son ouvrage de référence, *Totalité et Infini*, après le refus de son manuscrit par tous les éditeurs français. Martin Heidegger, déjà très âgé, n'est pas présent, car son état de santé ne lui permet plus d'effectuer de longs voyages. Jan Patočka, qui a accompagné Van Breda sur le lieu de naissance d'Edmund Husserl assez récemment, n'obtient pas l'autorisation du gouvernement tchécoslovaque d'assister aux obsèques. Il écrit une lettre à ses amis et sa famille, dans laquelle il exprime ses sincères condoléances et parle de l'importance du franciscain : "Le fait que Husserl soit aujourd'hui un classique dans le monde francophone et dans l'Europe de l'après-guerre est l'œuvre de Van Breda", écrit-il.

Ci-contre : Herman Van Breda & Malvine Husserl.

Van Breda est né à Lierre le 28 février 1911 dans une famille de torréfacteurs. Tout comme son frère aîné, il décide, après le lycée, de rejoindre les franciscains, qui lui dispensent une éducation approfondie. Il s'avère être un orateur doué et acquiert rapidement, grâce à ses sermons, une solide réputation. Après avoir terminé le séminaire, il poursuit ses études à l'Institut supérieur de philosophie de Louvain, où il reçoit une formation néothomiste classique. Mais c'est dans les cours du prêtre et professeur Léon Noël qu'il découvre la phénoménologie d'Edmund Husserl. Ce sera le début d'une passion de toute une vie, passion qui deviendra rapidement une véritable obsession.

Van Breda commence par écrire un mémoire de licence sur la pensée de Husserl et souhaite y consacrer plus tard un doctorat. Il sait qu'il existe des milliers de pages inédites de l'œuvre du philosophe disponibles à la recherche, et décide de se rendre à Fribourg. Le voyage est entamé à l'été 1938. Il y rend visite à Malvine Husserl, la veuve du philosophe décédé le 27 avril de la même année. Il veut lui demander certains textes qui pourraient être utiles à son doctorat, mais il vient aussi avec une proposition concrète. Jugeant difficile, voire impossible, la publication des textes d'un philosophe juif – et donc "dégénéré" – en Allemagne nazie, Van Breda envisage néanmoins de faire publier

certains textes inédits de Husserl par l'université de Louvain.

Quand il arrive à Fribourg, il comprend vite que la situation est beaucoup plus compliquée qu'il ne le pensait. Car ce n'est pas moins de 40 000 pages manuscrites, rédigées dans une sténographie désuète, qu'il découvre auprès de la veuve et qu'il faudra transporter à l'étranger le plus vite possible. De plus, c'est aussi l'ensemble de la bibliothèque du philosophe qui est menacée. Le jeune Van Breda, encore simple étudiant à l'université de Louvain, promet à Malvine de l'aider. Celle-ci place toute sa confiance en lui.

Rédigé en 1956 pour un colloque à Krefeld, le présent récit décrit la façon dont les manuscrits et

la bibliothèque de Husserl ont fini par être mis en sécurité à Louvain. Mais Van Breda n'y raconte pas tout. Il choisit consciemment ce qu'il ne dit pas, pour protéger certaines personnes ou pour ne pas compromettre certaines relations dont il pense avoir besoin plus tard. Avant de mûrir le projet de transférer l'héritage spirituel de Husserl à Louvain, Van Breda et Malvine avaient conçu un autre plan. Ils voulaient faire passer les manuscrits en contrebande en Suisse par une religieuse, amie de la famille Husserl. Malvine présumait que Ludwig Binswanger, un ancien étudiant de son mari, voudrait bien garder les documents chez lui. La sœur voyagea en Suisse pour approcher les Binswanger, mais l'épouse de Binswanger n'aima pas l'idée, exprima sa sympathie pour Hitler et lui ferma sa porte. Van Breda ne mentionne pas ce passage dans son récit, et il travaillera en 1959 avec Binswanger, dans le cadre du centenaire de Husserl.

Van Breda mentionne le fait que Malvine s'est réfugiée à Louvain pendant toute la guerre. Il omet toutefois de dire qu'il a caché une dizaine d'autres juifs qui travaillaient pour lui, en toute illégalité, à la transcription des textes de Husserl. De plus, il mentionne à peine ce qui arrive aux manuscrits pendant la Seconde Guerre mondiale. Durant ces années, il a placé les textes en lieu sûr à différents endroits, et les a déménagés régulièrement afin de les sauver.

Le texte de Van Breda se réfère uniquement à la succession de Husserl. Il ne dit pas qu'en 1944, il a sauvé un deuxième héritage de la destruction. Il s'agit des manuscrits d'Edith Stein, peut-être la mystique catholique la plus importante du XXe siècle, béatifiée et canonisée par Jean-Paul II, et qui était également la première assistante de Husserl. Quelques années auparavant, Van Breda avait tenté de convaincre Stein, sœur carmélite mais juive de naissance, de quitter les Pays-Bas et de l'accompagner à Louvain pour s'y cacher chez Malvine Husserl. Stein avait refusé, et avait dit – à la stupéfaction de Van Breda – qu'elle préférait mourir en martyre pour sa foi. Peu de temps après, elle fut arrêtée et mourut gazée à Auschwitz. Dès que

Maastricht, la ville la plus au sud des Pays-Bas, fut libérée, Van Breda s'y rendit immédiatement pour sauver les manuscrits de Stein. Les combats étaient loin d'être finis, mais il arriva juste à temps pour mettre la main sur les documents. Il les emporta également à Louvain.

Van Breda a consacré sa vie entière à Husserl. Jusqu'à sa mort, il a veillé à ce que les textes du philosophe soient publiés et étudiés par de nouvelles générations de scientifiques. Grâce à lui, les Archives-Husserl de Louvain sont devenues l'épicentre du mouvement phénoménologique. Et, la phénoménologie étant à la base de l'existentialisme, l'université de Louvain accueille également bon nombre de philosophes de ce courant. Ce n'est pas un hasard si Maurice Merleau-Ponty a été le premier visiteur étranger à se rendre aux Archives-Husserl en 1939, et que s'est alors nouée une solide amitié entre Van Breda et lui.

Bien que ses collègues de Louvain considèrent toujours le travail philosophique de Van Breda avec un certain dédain, ils envient le réseau qu'il a constitué et les relations amicales qu'il entretient avec la plupart des personnalités qui comptent dans le milieu de la philosophie européenne de l'époque. Il a gagné le respect et l'admiration de tous pour ce qu'il a accompli en sauvant les manuscrits de Husserl.

Sans doute, Van Breda n'a-t-il pas été un grand philosophe. Mais il a risqué sa vie pour sauver celle des autres et sauvegarder les manuscrits de deux philosophes, en véritable héraut de la Libre Parole.

TOON HORSTEN
juillet 2018

Toon Horsten est l'auteur de *De pater en de filosoof. De redding van het Husserl-archief* (Le Père et le philosophe. Le sauvetage des archives de Husserl), une biographie du père Herman Leo Van Breda, parue en 2018, aux éditions Vrijdag à Anvers.

ACHEVÉ D'IMPRIMER
DANS L'UNION EUROPÉENNE
POUR LE COMPTE DES ÉDITIONS ALLIA
EN AOÛT 2018

ISBN : 979-10-304-1004-4
DÉPÔT LÉGAL : SEPTEMBRE 2018